오늘 하루도 재있는 일이 생겨
황량의 세상에서 ㅜ ㄱP가
살...

홍미롭군요, 휴먼
덮호썩

섬세한 마음의 소유자
INFJ 님들 반가워요!

이 씨 수

INTJ들도
혼자는 힘들잖아요
- 정 대 건

따라할 수 없는
매력을 지닌 이들에게.
INFP 널 좋아해...
- 김 화진 -

☆☆ 이 삭막한 세계의
마지막 자영등이
ENFP ☆☆
- 유리♡

KB113714

혹시 MBTI가 어떻게 되세요?

차례

정대건

디나이얼 인티제

처음 은주가 MBTI에 대해 물어왔을 때만 해도 경민은 별로 대수롭지 않게 생각했다. 그저 요즘은 소개팅에서도 아이스 브레이킹을 위한 스몰토크로 MBTI 이야기를 하는구나 싶었다. 하긴 영화 현장에서 연출부들도 배우들도 전부 MBTI 얘기를 하곤 했다.

경민이 자신의 MBTI를 모른다고 하자 은주는 놀란 표정을 지었다. 활달하게 대화를 주도하던 그녀는 리액션이 크고 표정이 다채로웠다. 서른아홉. 경민은 마흔을 앞둔 자신이 소개팅을 할 줄 몰랐다. 둘 사이를 주선한 민경은 은주 쪽에서 적극적이었다고 했다. 은주는 경민과 동갑이었다. 이 나이에 그런 적극성을 발휘한다는 건 아주 드물고 귀했기에, 경민도 약간의 호기심과 호감을 가지고 이 자리에 나왔다. 은주는 방송가에서 자리를 잡은 예능 작가였다. 배우들 이야기로 시작한 둘의 대화는 비슷하면서도 많이 다른 업계 이야기로 이어졌고, 막 MBTI 이야기가 나온 참이었다.

ⓙ

ⓣ

"MBTI가 그렇게 중요한가요?"

"그럼요. 연애의 모든 문제가 MBTI 때문인걸요."

경민의 물음에 은주는 눈을 반짝였다. 모르는 사람에게 효과 좋은 명약을 알려주고 싶어 하는 사람의 눈빛이었다.

"저는 오랜 시간 맞지 않는 사람들과 너무 힘든 연애를 했던 것 같아요. 안 좋은 사람들만 만났는가 하면 그건 아니었어요. 운 좋게도 대부분 괜찮은 사람들이었어요. 그래도 연애는 참 쉽지 않았죠. 내가 뭔가 부족한 건 아닌지 많이 고민했는데…… 그게 전부 다 MBTI 문제더라고요. 잘 맞는 신발을 신으면 편하고 기분이 좋고, 잘 맞지 않는 신발을 신으면 정말 못 견딜 정도로 아픈데, 그게 내 발의 잘못은 아니잖아요?"

경민은 은주를 빤히 바라봤다. 누구나 결점을 감추고 싶어 하는 초면에 연애의 어려움을 토로하는 은주의 솔직함이 매력으로 다가왔다. 만났던 사람들을 좋게 말하는 것도 호감이었다. 경민도 가장 어려운 것이 연애였기에 관계의 어려움에 대한 그녀의 말에 공감이 갔고 뭔가 통했다고 생각했다.

한편으로는 그녀가 MBTI에 과하게 몰입하고 있다는 것이 불편했다. 경민은 MBTI에 대해 잘 몰랐고 그것이 별자리나 혈액형별 성격을 믿는 것과 비슷하게 들렸다. 은주는 자신이 ENFP라고 했지만 경민은 ENFP의 특성이 어떤지 전혀 몰랐다.

"그래서 은주 씨는 무슨 유형과 잘 맞아요?"

"두루 잘 맞아요. 그런데 INTJ만큼은 피하려고요."

안 좋았던 이전의 연애를 떠올리는 듯 은주가 과장되게 표정을 일그러뜨리며 말했다.

집으로 돌아가는 지하철 안에서 경민은 은주의 메시지를 받았다. MBTI 테스트 링크였다. 경민은 소요 시간이 10분 내외라고 하는 테스트를 시작했다. '자신만큼 효율적이지 못한 사람을 보면 짜증이 난다.' 매우 동의. '하루 일정을 계획하기보다는 즉흥적으로 하고 싶은 일을 하는 것을 좋아한다.' 매우 비동의.

검사 결과는, INTJ가 나왔다. INTJ인 유명인들로는 프리드리히 니체, 일론 머스크, 캣니스 에버딘, 제이 개츠비, 스네이프 교수…… 어떤 유형인지 알 것 같았다. 부족한 사회성을 그나마 뛰어난 능력으로 커버하는 무리처럼 보였다. 〈소셜 네트워크〉의 마크 저커버그처럼. 그럼 능력이 부족한 INTJ는 어떡하나? INTJ를 인티제라고 부른다는 것도 그제야 알았다. 신이 MBTI를 만들 때, 인티제는 논리와 분석력과 이성을 듬뿍 넣고, 마지막으로 사교성을 넣는다는 게 실수로 인간 혐오를 넣었다는 말에 공감이 가서 경민은 지하철에서 웃음을 터트렸다.

인터넷에는 MBTI에 대한 어마어마한 양의 정보가 있었다. MBTI 연애 궁합, 직장 상사들이 좋아하는 MBTI, 성격 더러운 MBTI 순위 등등. 인터넷에 돌아다니는 글의 공신력은 의심했지만 흥미가 생겼다. 개인보다 집단주의 문화가 우세한 한국 사회에서 오랜 시간 적응하지 못하며 고통받아 왔다는 인티제들의 간증이 많았다. 내내 세상과 불화하고 적응이 힘들었다고, 자신의 성격에 큰 결함이 있는 줄 알았다고, 그런데 이제야 자기 혼자만 그런 게 아닌 걸 알았다며 위안받았다는 글들. 경민도 그랬다. 공감 능력이 떨어진다고, 인간미 없는 로봇 같다는 소리를 종종 들었고 때로는 스스로가 정말 계산적이고 이기적으로 느껴졌다.

그래도 그렇지. 좀 억울했다. 어떻게 'INTJ만큼은 피하려고요' 같은 말을 할 수 있지. 오랜만에 끌리는 사람을 만났는데 MBTI 때문에 시작도 못 하고 탈락이라고? 고작 10분 만에 나온 테스트 결과로 나를 판단한다고? 바코드처럼 삑 하고 찍자마자 '넌 아웃' 하고 경고음이 들리는 듯했다. 혈액형에 이어 이제 MBTI야? 하고 경민은 분개했다. 그도 그럴 것이 경민은 온갖 편견에 시달렸던 B형 남자였던 것이다. 직설적이고 자기중심적이라는 B형에 대한 묘사가 인티제와 비슷했다. 그럼 뭐 B형은 전부 인티제인가. 아무튼 그런 비과학적인 것을 믿다니, 경민은 은주가 약간 실망스러웠다.

카톡을 주고받던 은주가 테스트 결과를 물었을 때 경민

12

은 ISTP라고 해버렸다. 왜 하필 ISTP였느냐면, 재빨리 테스트의 모든 질문을 중립으로 선택했더니 ISTP가 나왔다. ISTP의 특성이라는 '사회성 부족, 개인적 성향, 자의식 과잉, 사람 많은 곳 싫어함'이 뭐, 자신과 아주 다른 것 같지도 않았다.

"너도 이제 칩거 그만해야지. 연애도 근육처럼 계속 써야 해."

경민은 소개팅을 주선했던 대학 동기 민경을 동네 카페에서 만났다. 그녀는 은주도 경민을 마음에 들어 한다는 반응을 전해주며 잘해보라고 했다. 아무리 사회가 나이에 초연한 척해도 경민은 '혼자가 더 익숙한 사람들'의 대열에 합류하고 있었다. 경민 주변의 또래 남자 열에 셋은 결혼을 한 애 아빠였고 다섯은 싱글, 둘은 돌싱이었다. 물론 나이를 초월해 연애를 왕성하게 하는 사람도 없진 않았다. 민경은 늘 연애 중이거나 이별 중이었다. 그런 민경조차도 이렇게 말했다.

"야, 너 요즘 연애 시작하기 힘들다. 우리 나이엔 연애도 넷플릭스와 경쟁해야 해. 평일 내내 일하고 야근하고 파김치 돼서 주말에 누워서 쉬어야 하는데 꾸미고 챙겨 입고 나가려면 즐거워야 하잖아. 너 집에 누워서 보는 넷플릭스보다 재밌게 해줄 수 있어?"

애가 콘텐츠 회사에서 일하더니 사람도 연애도 결국 하

나의 콘텐츠라 이건가. 경민은 이렇게 생각하다가 결국 어떤 말인지 수긍했다. 그게 요즘의 세태인지, 30대 후반 연애의 초상인지는 알 수 없었다.

"애착이 생긴 후에는 다른 문제겠지만 그 전 단계에선 어차피 잘 맞지 않으면 헤어지잖아. 넷플릭스도 취향에 안 맞거나 재미없으면 꺼버리듯이. 자신의 부족함이나 결함이 아니라 차라리 콘텐츠라고 생각하면 마음이 편해. 연애 상대가 뭐 선택할 수 없는 핏줄 같은 것도 아니잖아?"

경민은 민경의 잦은 만남과 이별이 어디에서 기인했는지 알게 됐다. 연애라는 것은 그런 것이 아니지 않은가…… 생각했고, 그럼 자신의 연애관은 어떻게 다른가 반박할 말을 찾다가, 명쾌한 답을 갖고 있지 않다는 사실에 아연했다.

마지막 연애는 5년 전이었다. 경민은 5년 정도 냉동되었던 사람처럼 자신의 나이가 실감 나지 않았다. 입봉작인 〈돌고 돌아 로맨스〉의 시나리오를 쓸 때만 해도 30대 초반이었는데, 영화 한 편을 완성하니 30대 후반이었다. 그간 오로지 영화뿐이었다.

"너 고생 많이 했잖아. 성공도 했는데 이제 너도 좀 행복해져야지."

성공? 민경의 말에 경민은 자조했다. 표면적으로 경민은 상업 영화 데뷔작을 흥행시킨 감독이었지만 속은 완전히 만

14

신창이가 되어 있었다. 〈돌고 돌아 로맨스〉의 제작자인 강 대표는 프로덕션의 전 과정 동안 이루 말할 수 없는 갑질을 했다. 현장에서 감독인 경민이 아니라 자신의 컨펌을 받게 했고 배우의 착장이 맘에 들지 않는다며 갈아입혔고 배우와 스태프들 앞에서 경민에게 당장 잘리고 싶으냐며 고함을 치고 모욕을 줬다. 경민은 감독 의자에 앉혀놓은 꼭두각시에 불과했다. 수난기의 하이라이트는 편집실에서였다. 편집본이 강 대표에 의해 난도질당하고 전부 잘려나가는 동안 경민은 거의 사라져 버린 작품에 대한 애정과 싸우며 버텼다.

　그 과정을 본 이들은 몸에 혹이 생기는 기분이라며 경민에게 건강검진을 꼭 받으라고 충고했다. 맞불을 놓고 뛰쳐나오고 싶을 때마다, 경민은 10년 넘게 빌빌거리던 아들이 드디어 데뷔한다며 동네방네 자랑을 하던 엄마의 얼굴을 떠올렸다. 현장에서 보는 눈이 많았는데 업계에 소문이 나지 않을 리 없었다. 경민은 강 대표의 악독함이 알려졌으면 하는 마음과 자신이 겪은 수치스러운 수난기가 알려지지 않았으면 하는 양가적인 마음속에서 허우적거렸다.

　〈돌고 돌아 로맨스〉의 주연배우 길우현과 채수희는 사이가 좋지 않았다. 채수희는 인지도가 적은 길우현을 급 낮은 배우 취급했고, 독립영화 쪽에서 잔뼈가 굵은 길우현은 길우현대로 드라마만 하고 영화 경력이 없는 채수희를 무시했다. 이 모든 여건 속에서 둘이 사랑스럽게 보이도록 해야 하는 현장은 지옥이었다. 그러나 이 바닥 일은 정말 모르는 거라고, 〈돌고 돌아 로맨스〉가 창고 영화가 되어 있는 동안, 현장에서 속을 썩인 길우현이 드라마와 예능에서 연달아 터지며 인지도가 폭발적으로 상승해 버렸다. 그 결과 영화는 예상치를 훨씬 뛰어넘는 흥행 성적을 냈다.

그렇다고 경민이 입은 상처가 씻겨 내려가진 않았다. 경민이 겪은 일은 데뷔를 위해 감수해야 할 통과의례가 아니었다. 이렇게 되려고 오랜 세월 영화를 꿈꾼 것도 아니었다. 경민은 한동안 사람들을 피했고 집에만 있었다. 특별한 잘못도 없이 자신의 인생에 생길 줄 몰랐던 고초를 겪고 신경안정제를 먹는 나날을 보내야 했던 경민은 지난날을 반성했다. 신입 공무원이 과도한 업무와 상사의 괴롭힘으로 극단적 선택을 했다는 뉴스를 보았을 때, 그만두면 되지 바보같이 죽긴 왜 죽어?라고 생각했던 오만했던 자신을.

힘든 기억을 떠올리니 몸서리가 쳐졌고, 경민은 즐거운 것을 떠올리려 애썼다. 다시 한번 은주의 웃는 얼굴이 보고 싶었다. 곱씹을수록 에너지 넘치는 은주와의 대화가 즐거웠다. 혼자는 익숙했지만 외로웠다. 혼자였던 오랜 시간을 청산하고 싶었다. 지난 5년간 경민은 계절의 구분 없이 살았다. 봄에는 꽃놀이 가고, 여름엔 바다에 발도 담그며, 그렇게 계절이

있는 삶을 살고 싶었다. 경민은 은주에게 또 보자는 메시지를
보냈다.

＊

은주와의 소개팅이 있고 며칠 뒤, 핸드폰에 뜬 유정의 이
름을 보고 경민은 소스라치게 놀랐다. 다시는 핸드폰에 뜨지
않을 이름이라고 생각했다. 요 며칠 INTJ에 대해 검색을 하면
할수록 경민은 인티제의 이데아 같은 사람, 5년 전에 헤어진
유정이 자꾸만 떠올랐다. 그런데 유정에게서 전화가 왔으니,
이럴 땐 정말 비합리적이라는 걸 알면서도 텔레파시 같은 게
존재하는 건가 싶었다. 경민은 심호흡을 하고 전화를 받았다.

오랜만이라는 인사와 함께 단도직입적으로 언제 시간
되느냐고 묻는 유정의 허스키한 목소리를 듣자 경민은 유정
이 자신에게 소리치던 목소리가 생생하게 떠올랐다. "What
the fuck is wrong with you?" 10대 시절과 대학을 미국에서 보
낸 유정은 싸울 때면 흥분해 영어를 내뱉곤 했다. 경민은 생각
했다. 헤어진 지 5년이 지났는데 우리는 결국 누군가에게 했
거나 들었던 한마디로 기억되는구나.

상암에 있는 유정의 사무실 근처 카페에서 보기로 하고
전화를 끊은 후, 경민은 모처럼 유정의 인스타그램에 들어가

봤다. 한때 세상에서 가장 행복한 사람처럼 웃는 웨딩 사진으로 경민의 마음을 쓰리게 했던 유정의 인스타그램에 결혼 관련 흔적이 싹 지워져 있었다. 유정이 자신과 헤어진 지 1년도 안 되어 결혼하고, 결혼한 지 1년 만에 돌싱이 되어 미친 듯이 일에 몰두하고 있다는 소식을 경민도 전해 들어 알고 있었다. 경민도 유정도 둘 다 그사이 큰 풍파를 겪었다.

5년 만에 만난 유정은 커리어의 변화만큼이나 스타일이 달라져 있었다. 대기업 계열 영화사에서 피디로 일하는 유정은 경민에게 웹툰 단행본과 계약서를 건네며 각본 작업을 의뢰하고 싶다고 했다. 서로의 소문을 알고 있을 텐데 빈말로라도 안부와 근황을 주고받는 일은 없었다.

"보면 알겠지만 급해서 연락했고, 고민할 시간은 딱 이틀 줄 수 있어."

유정이 건넨 웹툰은 서로의 다른 점을 매력으로 느꼈다가 그것에 질려서 매번 싸우다 헤어지는 로맨스였다. 그리고 뒤늦게 서로의 소중함을 알고 다시 시작하기 위해 달려가는 흔한 이야기. 듣자 하니 제작사들이 판권을 잔뜩 사들여 놓고 묵힌 작품들이 많았고 저작권 기한이 만료되기 전에 제작에 박차를 가하는 모양이었다. 발등에 불이 떨어졌는지 조건도 나쁘지 않았다.

그러나 경민은 대뜸 하겠다고 하지 않고 망설였다. 깐깐

18

하고 빈틈없는 유정은 결코 호락호락한 피디가 아니었고 함께 일을 한다고 생각하자 벌써 골치가 아팠다. 경민은 무슨 꿍꿍이인가 싶어 유정을 물끄러미 바라봤다. 로맨스가 전공인 사람을 찾던 중 경민이 떠올랐다고 했다. 유정은 일에 감정 같은 걸 섞을 사람이 아니었다. 업무를 효율적으로 처리하기 위해, 경민을 잘 아니까 컨트롤하기 편해서였을 수도 있었다. 다르게 본다면 뭔가 좀 감동적인 상황이기도 했다. 함께 업계에서 일을 하는 것. 그건 두 사람이 한때 그토록 바랐던 꿈이었다. 둘 다 돌고 돌아 이제야 겨우 자리를 잡았다는 기분이 들었다.

서른한 살에 유정을 만나기 전까지, 경민은 끊임없이 다정함을 발휘해야 하는 연애라는 포맷이 자신과 맞지 않는다는 걸 느끼고 어느 정도 포기한 상태였다. 상대방과 맞지 않는 부분을 맞추려고 어디까지 노력해야 하는지 가늠하기도 어려웠다. 한편에는 이런 말이 있었다. '너를 있는 그대로 사랑해 주는 사람을 만나.' 그러나 마음속에선 그 말에 냉소적이었다. 있는 그대로를 사랑해 주는 사람? 만나면 당연히 좋지. 누가 모르나? 그러나 자신부터 상대방을 있는 그대로 사랑하지도 않으면서 그런 걸 바라는 건 파렴치했다. 관계란 서로 배려하고 끊임없이 노력해야 하는 일이었고 경민은 점점 더 온전히 자신으로 사는 것과 연애가 양립 불가능하다고 생각했다.

어느 시사회 뒤풀이에서 유정과 처음 만나 대화를 나눈 날, 경민은 유정이 자신과 비슷하다는 것을 알아봤다. 유정은 지나치게 실용적이었고 허례허식을 싫어했다. 데이트 초반에 수선화 꽃다발을 선물했을 때 유정은 어차피 금세 시든다면서 조금도 좋아하지 않았다. 유정과 만남을 이어가면서, 경민은 평생 연애에서 어려워했던 문제들이 사라진 기분이었다. 자신이 너무 계산적으로 보이지 않을까 하는 걱정도 사라졌다. 성별을 떠나 동류의 인간을 만났다는 기쁨. 억지로 해야 하는 것이 거의 없다는 것, 자신을 포장할 필요가 거의 없다는 것은 연애에 대한 경민의 생각을 완전히 바꾸었다. 말로만 듣던 '짝'을 드디어 만난 건가 싶었다. 힘들게 견디는 것처럼 느껴지던 세상이 살아볼 만하다는 생각이 들었다. 경민은 유정의 시니컬한 면까지도 사랑했다. 유정은 연애에 대해 이렇게 말했다.

"사람들이 왜 연애를 좋아하는 줄 알아? 사랑이라는 게 애초에 누군가를 다른 사람과 달리 특별하게 대하고 구별되게 좋아하는 감정이잖아. 사람의 본성은 구별 짓고 차별하는 걸 좋아하는데 사회는 차별이 나쁜 거라고 가르치고 억압하지. 키 작은 사람, 큰 사람, 마른 사람, 뚱뚱한 사람, 흡연자, 외모, 경제력, 학력 등등. 애정과 호의를 남들과 구별되게 특별한 사람에게만 주는 것. 그렇게 해도 어떠한 비난도 받지 않는 연애의 영역은, 그러니까 사람들이 대놓고 마음껏 뽐내며 차별할 수 있는 영역이야."

경민도 시니컬한 편이었지만 시니컬 상대성 이론이랄까. 그런 말을 하는 유정과 함께 있을 때면 경민은 세상을 그렇게까지 각박하게 보지는 말라고, 따뜻한 면이 있다고 일깨워 주는 쪽으로 말하게 되었다. 그게 두 사람 관계의 역학이었다. 경민 자신은 세상을 시궁창으로 보지만 유정만은 그러지 않았으면 하는 마음으로 자꾸만 노력하게 만들었다. 영화로 성공해 월세방을 탈출하는 일은 요원해 보여도 경민은 유정과 계속 함께하고 싶다는 꿈을 꿨다.

통제 가능한 상황, 정해진 경로, 확실한 보상 체계를 좋아하는 성향의 경민이 미래가 안개처럼 불투명한 영화감독이 되겠다고 한 것은 아이러니 중의 아이러니였다. 어쩌면 영화감독이라는 일이 가장 어려운 일이라 도전한 것은 아닐까. 혹여나 가장 오래 실패를 유예시킬 수 있는 일을 찾은 게 아닐까. 경민은 스스로를 의심했다.

유정과는 2년을 만났다. 경민은 유망한 제작사와 계약은 했으나 시나리오 단계에서 강 대표의 오케이를 번번이 통과 못 한 지 3년째였다. 한편 독립영화 배급사에서 일하던 유정은 환멸을 토로했다. 세상 올바른 가치를 추구하는 영화를 제작하고 배급하면서도 가난한 창작자들에게 똑바로 정산을 안 하는 배급사의 행태를 내부에서 지켜본 탓이었다.

유정은 유학 이력에 실무 경험을 보태 이름만 들으면 아는 대기업 계열의 영화 제작사에 취업했다. 유정이 대기업 명찰을 찬 직원이 되고 매일 접하는 사람들이 달라지게 되었다는 사실을 경민은 늘 의식했다. 유정은 종종 술을 마시면 어두운 얼굴로 아버지 이야기를 하곤 했다. 무능하고 말썽거리만 만들어 평생 집을 힘들게 했다고, 유정이 아버지를 욕할 때마다 경민은 유정의 눈에 자신도 그런 무능한 모습으로 겹쳐 보일까 봐 두려웠다. 결혼은 덫이라고 말할 정도로 부정적이던 유정이 어느 날 회사 남자 선배들의 가정적인 모습이 참 좋아 보인다고 했을 때 경민은 툭 내뱉었다.

"넌 너에게 안정감을 주는 남자가 나타나면 바로 결혼해 버릴 것 같아."

유정은 잠시 경민을 물끄러미 보더니 별로 대수롭지 않게 말했다.

"맞아. 나도 그렇게 생각해. 그래서 두려워. 내 팔자 내가 꼴까 봐."

역시 넌 날 잘 아는구나, 하는 투였다. 하지만 그날의 대화는 유정에게 '난 결혼 같은 건 조금도 생각하지 않으니 네 살길은 네가 찾아'라는 경민의 메시지로 다가갔을 것이었다.

돌이켜 보면 못난 열등감이었다. 과거를 되짚어 연애의 기억을 떠올리는 건 괴로운 일이었다. 최악의 인간. 이러면서 무슨 로맨스를 쓴다고.

경민은 유정을 건너다보며 생각했다. 유정은 자신보다도 더 계산적이고 계획적이었다. 여행을 한다 치면 엑셀로 이동 시간까지 전부 짜는 타입이었다. 그토록 계산적인 성격의 유정이 능력도 없는 자신을 2년이나 만났다는 건…… 대체 어떤 의미였을까.

※

"경민 씨 시나리오 쓴다고 종일 앉아만 있는다고 했죠? 지금 부지런히 걸어 다니며 만끽해야 해요. 봄이 점점 짧아지고 있잖아요."

실내 데이트는 여름, 겨울에 실컷 하면 된다는 은주의 말이 미래에 대한 기약처럼 들려서 경민은 약간 설렜다. 은주가 산책을 좋아한다기에 경민은 데이트에 새로 산 러닝화를 신고 나왔다. 산책을 얼마나 본격적으로 할 거냐며 은주는 웃었다. 오랜만에 새 신을 신으니 기분이 좋았다. 도심 곳곳을 누비고 다닌 거 같은데도 서울에 아직도 안 가본 곳이 많았다. 둘은 만날 때마다 도심을 만 보 이상 걸어 다녔다.

23

"저는 〈돌돌로〉에서 채수희 대사가 제일 좋아요. '난 잘 맞는 짝을 만나는 게 꿈이야. 이번 생에서 가장 이루고 싶은 꿈.' 저도 정말 그렇거든요."

은주는 경민이 만든 영화의 팬이라고 자주 표현했다. 그럴 때마다 경민은 난도질당한 〈돌고 돌아 로맨스〉가 과연 자신의 작품인가 하는 생각과, 은주가 자신에게 실망하게 될까 봐 걱정스러운 마음이 들었다.

그런 걱정에도 불구하고 은주와의 데이트는 물 흐르듯이 흘러갔다. 경민은 불쑥불쑥 이전 연애의 기억을 떠올렸다. 어떤 지점에서 어떻게 싸우게 될지 그려졌기에 조심하고 배려했다. 동갑이라 공감 가는 이야깃거리도 많았다. 누군가처럼 되고 싶었던 사회 초년생 시절을 지나 둘 다 경험치가 쌓여 어느 정도 성장하고 자기 삶의 모양이 분명해진 나이였다. 고유한 개성과 가치관이 느껴지는 대화가 즐거웠다. 상대방에게 매력을 느끼는 자신을 통해서, 자신에게 매력을 느끼는 상대방을 통해서, 연애에 감을 잃었나 걱정하던 자신감도 찾아갔다. 이렇게 매끄러운데 MBTI를 다르게 말한 것쯤이야. 그러나 "경민 씨는 T라서 그렇고 저는 F라서 그래요"라고 은주가 말할 때마다 경민은 그저 유사 과학이잖아요. 과몰입하지 말아요, 라고 말하고 싶어 입이 근질거렸다.

어느 날 일찍 만나 브런치를 먹고 여유롭게 산책을 하며

24

서로 다녔던 여행지에 대한 대화를 나누다가 은주가 갑자기 여행을 가고 싶다며 바다를 보러 가자고 했다. "갑자기요?" 하고 반문하며 경민은 긴장했다. 1박을 할 수도 있다는 점도 그랬지만, 여행이야말로 서로의 다른 점이 드러나는 순간이었다. 꼼꼼하게 계획을 세우지 않고는 예상 밖의 낭패를 볼 수 있었다.

"그래도 좀 알아보고 가야 하지 않을까요?"

"해외 가는 것도 아니고 알아볼 게 뭐가 있어요."

경민이 생각하기에 은주는 해외여행도 알아보지 않고 즉흥적으로 떠날 성격 같았다. 은주는 웃으며 "경민 씨 정말로 P 맞아요?" 하고 의심스러운 눈으로 바라봤다. 경민은 사람을 대할 때 F라면 이렇게 대답하겠지? 하고 공감하기 위해 노력하며 어느 정도 '인간미 가면'을 쓸 수는 있었지만, P는 어떻게 흉내 내야 하는 것인지 가늠이 되지 않았다. J 성향은 숨길 수가 없었다. 그건 가치관의 문제였다. 경민은 즉흥적인 것을 싫어했다. 그렇지만 티 내지 않으려고 노력했다. 그럴 때마다 자신이 아닌 다른 사람을 연기하는 것이 개성을 잃는 건 아닐까 하는 생각이 들었다. 경민은 실용적으로 따져봤다. 괴팍함이나 까다로움도 일종의 개성이라고 할 수 있을까. 아니, 사회성이 떨어지는 쪽으로 자신의 고유성을 발휘하는 게 무슨 이득이 있나. 스스로도 사회성이 부족하다고 변해야 할 필요성을 느꼈잖아. 좀 더 공감 능력을 길러야지, 하며 스스로를 달랬다.

준비가 안 된 상태에서 여행을 간다는 건 경민의 사전에 있을 수 없는 일이었지만, 은주는 벌써 눈앞에 바다가 펼쳐진 것처럼 들떠서 눈을 빛냈다. 경민은 몇 달 동안 모든 것을 예민하게 통제해야 하는 촬영 현장과 씨름을 했다. 경민도 한 번쯤은 자신의 성향을 거스르고 싶었다.

하지만 마음먹는다고 성격이 쉽게 고쳐진다면 많은 사람들이 타고난 성격으로 고민할 일도 없을 것이다.

경민은 차를 렌트해 은주와 함께 동해로 떠났다. 동네에서 종종 차를 몰았지만 장거리 운전은 처음이라 긴장했다. 경민은 은주에게 거듭 괜찮겠느냐고 물었고 은주는 해맑게 웃으며 저는 믿어요, 했다. 뭘 믿는다는 건지 경민 입장에서 은주는 근거 없이 긍정적이기만 했다. 평소였다면 경민은 동해에 대해, 어디를 어느 순서로 갈 것인지, 블로그와 트위터와 인스타그램의 정보들을 전부 검색해 봤을 거였다.

초보운전에 첫 장거리라서 긴장했는지 아니면 은주와 함께여서 그랬는지 경민은 다리가 아프고 몸이 무거웠다. 신나게 바다를 본 뒤 펜션에 도착한 두 사람은 침대에 몸을 던져 머리를 맞대고 누웠다. 둘은 아직 손을 잡는 정도의 스킨십도

하지 않았고 묘한 긴장이 흘렀다. 누운 지 얼마 안 돼서 경민이 식당을 검색해 본다고 하자 은주가 핸드폰을 보지 못하게 했다.

"우리가 뭐 패키지여행 온 것도 아닌데 좀 쉬어요. 그냥 누워만 있는 것도 좋지 않아요?"

그러나 경민은 무얼 하느냐가 중요했다. 누워만 있을 거면 서울에 있지 뭐 하러 여기까지 왔을까. 집에서는 아무것도 하지 않고 뒹구는 걸 좋아했지만 여행까지 와서는 아니었다.

"기왕 여행 왔는데 맛있는 거 먹어야죠. 예약하지 않으면 못 먹을 수도 있고."

"에이, 여행지에 예약 그런 게 어딨어요. 그냥 우연히 들어갔는데 숨은 맛집일 수도 있잖아요."

화제를 돌려 다른 이야기를 나누는 동안에도 경민은 식당 생각을 했다. 경민도 스스로 왜 그렇게 정보에 강박적인지 궁금했다. 계획적이지 않아서 크게 망한 사람을 곁에서 지켜본 일이 있던가? 그런 훈육을 받은 일이 있던가? 딱히 없었다. 그렇다면 그저 천성인가?

배에서 꼬르륵 소리가 난 은주가 해산물이 당긴다고 하고서야 두 사람은 뒤늦게 식당을 찾아 나섰다. 펜션 주인이 추천해 준 바다 뷰가 좋다는 가리비찜집은 바글거리는 사람들로 한 시간 넘게 기다려야 했다. 보아하니 이 식당에 가려고 여행 오는 것이 코스일 만큼 유명한 듯했다. 정신없이 바쁜 점원이 "예약 안 하셨어요?" 하고 물었다.

"아니, 무슨 서울도 아니고 이런 곳도 예약을 해야 하나."

은주가 투덜거렸다. 두 사람은 근처에 있는 다른 식당에 들어가 허기를 달랬다. 음식이 부실하게 나왔다. 차갑고 맛이 없었다. 돌아오는 차에서 경민은 말수가 줄어들었다. 펜션으로 돌아와 두 사람은 하나로마트에서 사 온 와인을 마셨다. 식당에 다녀온 뒤로 경민은 은주의 대책 없는 낙관을 이해할 수 없었다. 와인을 홀짝이던 경민은 은주에게 왜 인티제를 싫어하는지 물었다.

"ENFP랑 INTJ랑 궁합이 잘 맞는다고 해서 일부러 INTJ 소개받아서 만나봤는데 정말 안 맞더라고요."

인터넷에서 궁합이 잘 맞는다고 해서 INTJ를 만나봤다고? 경민은 그 대답에 충격을 받았다. 무당의 말을 듣고 호랑이띠 남자를 만났다는 것만큼 이상하게 들렸다.

"그 사람이 어땠는데요?"

"뭐든지 너무 계획대로 하려고 하더라고요. 계획대로 안 되면 스트레스받고."

"계획 세우는 게 뭐 나쁜 건 아니잖아요."

"일할 때야 저도 계획적으로 하죠. 그런데 계획을 세운다고 계획대로 돼요? 삶은 계획대로 되지 않잖아요."

"계획대로 되지 않는 게 인생이니까 무계획은 너무 무시무시한 거 아니에요? 더더욱 철저하게 계획을 세워야죠."

경민이 흥분해 목소리가 높아졌다. 어느새 경민은 이름도 얼굴도 모르는 은주의 전 남친에게 이입했다.

"경민 씨, 〈기생충〉 안 봤어요? 무계획이야말로 절대 실패하지 않는 계획이라잖아요."

"은주 씨, 〈기생충〉의 메시지는 오히려 무계획에 대한 경고죠. 난 은주 씨가 인터넷에 올라와 있는 MBTI 궁합 같은 걸 믿었다는 게 솔직히 이해가 안 돼요."

"경민 씨는 꼭 내가 무슨 미신을 믿는 사람처럼 말하네. 믿고 안 믿고가 아니라 이건 질문지에 자기가 성향을 선택한 거잖아요. 운세 같은 거랑 다르죠."

"다들 하는 인터넷 테스트, 그건 정식 MBTI도 아니래요. 정식 MBTI도 심리학계에서는 그다지 신뢰하지 않고요."

"그냥 재미있는 사회현상으로 받아들이고 즐기면 되죠. 권위 같은 게 그렇게 중요해요? 영화 만드는 사람이면 유행에 누구보다 민감해야 하는 거 아니에요?"

"제 말은…… 인터넷 정보들이 신뢰할 만한 게 못 된다고요."

"그럼 대체 경민 씨는 뭘 신뢰해요?"

"……."

나는 아무것도 신뢰하지 않아! 하고 경민은 시원하게 외치고 싶었다. 과열된 두 사람의 공기가 방 안에 맴돌았다.

"경민 씨, 아까 거기 맛집 못 갔다고 이러는 거예요?"

"밥 때문이 아니고요. 지금 인터넷의 신뢰성에 대해 말하는 거잖아요."

"아니, 경민 씨야말로 누구보다 인터넷을 많이 찾아보잖아요. 그럼 유명하다는 맛집에 가면 실망 안 할 것 같아요?"

경민은 허를 찔린 기분이었다. 경민의 목소리가 낮아졌다.

"그건 다수에게 검증된 데잖아요……"

"그저 많은 사람들이 좋아하는 게 우월한 거면 자극적인 가짜 뉴스 퍼뜨리는 유튜버는 권위 있는 건가? 조회수 많이 나오고 구독자도 많으니까?"

"그건 다르죠."

"뭐가 다른데요? 경민 씨 논리가 그렇잖아요. 다수가 좋다고 하면 좋은 거."

"난 식어빠진 음식, 기본도 안 된 거, 그 값을 받을 자격도 없는 게 정말 싫을 뿐이에요."

"맞네. 밥 때문인 거. 제가 바보예요? 아까부터 표정 안 좋은 거 얼굴에 다 드러나는데."

논쟁을 하면서 경민은 논리적으로 반박하는 은주에게 더 반했고, 그러는 동안 은주는 경민에게 마음이 식었다. 경민은 한숨을 내쉬었다.

"점쟁이들이 하는 말, 별자리, 혈액형별 성격, 이런 건 누구나 가지고 있는 애매한 말들로 되어 있는데 유정 씨가 특별히 자기 얘기처럼 받아들이는 거예요. '인티제는 거짓말을 매우 싫어한다.' 이게 뭐예요? 거짓말 좋아하는 사람도 있어요?"

"왜 자꾸 인티제 얘기를 해요? 설마 경민 씨 인티제예요?"

경민은 당황해서 대답하지 못했다. 거짓말에 능숙하지 못한 경민의 얼굴에 진실이 드러났다.

"이제 퍼즐이 다 맞춰지네."

은주는 소름이 끼친다는 표정으로 고개를 끄덕였다. 누군가의 모습이 겹쳐 보이는 듯 아연한 눈으로 경민을 바라봤다.

"원래 인티제가 MBTI를 믿지 않는 유형이거든요. 경민 씨는 정말 지독하게 인티제스럽다."

Ⓙ

＊

Ⓣ

그렇게 경민의 짧은 연애는 막을 내렸다. 은주는 신뢰가 깨졌다고 했다. 각자의 지난 연애 경험들로 맞지 않는 유형에 대한 필터는 더욱 견고해졌다. 그래도 마지막으로 봤을 때 은주는 부드러운 얼굴로 "우리, 포기하지 말아요"라고 했다. 은주의 말이 짝을 만나는 게 꿈이라는 대사에 관한 말이었음을 경민은 알았다.

경민은 MBTI의 저주라도 받은 기분이었다. 인터넷에는 인티제들이 고독에 친숙하다거나 외로움을 덜 탄다거나 하는 말들이 많았지만 경민은 전혀 동의하지 않았다. 몸이 아플 정도로 외로웠다. 인티제 유명인에 니체가 나온 순간부터 마음에 들지 않았다.

프리드리히 니체는 루 살로메에게 청혼을 두 번 거절당한 후 평생을 독신으로 살았다. 1889년 1월 3일 이탈리아 토리노, 니체가 마부에게 심하게 채찍질당하고 있는 말의 목을 부둥켜안고 목 놓아 울다가 정신을 잃었다는 행적은 널리 알려져 있다. 쓰러진 그는 침대에서 이틀을 꼬박 조용히 누워 있다가 비로소 몇 마디 마지막 말을 웅얼거렸다고 한다. "어머니, 전 바보였어요."◆ 그 후로 10년 동안 니체는 가족의 보살핌을 받으며 정신 나간 상태로 누워 있었다.

아무리 생각해도 니체는 외로워서 미친 것이 분명했다. 철학적으로 위대한 성취를 이루면 뭐 하나 싶었다. 그건 경민이 평생 외로울 거라는 암시처럼 느껴졌다. 외로움의 영원회귀.

에리히 프롬은《사랑의 기술》에 이렇게 썼다. "그들은 강렬한 열중, 곧 서로 '미쳐버리는 것'을 열정적인 사랑의 증거로 생각하지만, 이것은 기껏해야 그들이 서로 만나기 전에 얼마나 외로웠는가를 입증할 뿐이다." 경민은 '기껏해야'라는 부사의 뉘앙스에 반박하고 싶었다. 이 외로운 도시에서는 순간 불타는 것마저도, 얼마나 외로웠던가를 입증하는 것조차도 너무나 드물고 귀한 이벤트라고.

시나리오 초고 회의를 마치고 커피를 마시는 자리에서 유정이 의기소침한 경민에게 무슨 일 있느냐고 물었다. 경민은 울적한 얼굴로 MBTI에 얽힌 은주와의 이야기를 유정에게 털어놓았다. 그리고 이야기는 유정과 만나던 시절에 대한 반성과, 헤어진 후의 고생담, 지난날에 대한 회한으로 이어졌다.

"네가 현장에서 고생한 이야기는 나도 들었어."

은주가 허스키한 목소리로 그렇게 말하자 경민은 감정이 북받쳤다.

"너도 참…… 그래서 잘되는 게 복수다, 그런 마음으로 버틴 거야? 나한테 한턱내야겠네."

금방이라도 눈물이 날 것 같은 기분이었던 경민은 유정의 말에 실소했다. 만나던 시절에도 유정은 따뜻한 말에는 소질이 없었다.

"복수하는 마음으로 한 게 아니야. 네가 결혼한다는데 솔직히 너무 비참하더라. 그때 나는 바닥을 치고 있었으니까……. 세상 누구보다 행복해 보이는 네 웨딩 사진을 보고도 축하해 주지 못하는 내가 정말 불행하게 느껴지고 싫더라고."

경민의 말에 유정이 쓰게 웃었다.

"세상 누구보다 행복해 보이는 웨딩 사진……. 어차피 다 연출인 거 알잖아."

"그 뒤로 나 생각이 많이 바뀌었어. 성공이고 뭐고, 주변 사람 좋은 일에 진심으로 축하해 줄 만큼은 행복하게 살고 싶더라고."

유정은 한참 경민을 바라봤다.

"너도 알겠지만, 이 바닥에 강 대표 같은 사람만 있는 건 아닌 거 알지?"

유정의 말을 곱씹다가 경민은 피식 웃고 말았다. 둘이 만나던 시절의 대화는 늘 이 상황과 정반대였다. 인류애를 잃지 말라고 북돋아 주는 쪽은 늘 경민이었다. 이혼 후에 더욱 마음을 닫고 냉소적이 되었으리라고 생각했던 예상과 달리 유정은 한결 부드럽고 편안해 보였다. 유정은 한 번 다녀온 후에야 '남들이 하니까 연애하고 결혼하는' 굴레에서 완전히 놓여났다고 했다. 행복에 대해서 더 깊이 생각하게 되었다고. 왜 이전에는 이렇게 세상을 보지 못했는지 의문이라고.

"그러니까 죽상 하지 말라고. 또 다른 사람 만나면 되지."

"모르겠다. 이제 연애는 정말 포기다."

경민의 말에 유정이 웃었다.

"아직도 오만하네. 40대에는 뭐 연애 안 하고 살 거야?"

유정은 최근에 본 〈절해고도〉라는 영화의 40대 연애 장면이 못 보던 거라 참 설레고 귀해서 좋았다고 했다. 그러면서 작품들을 추천해 줬다. 50대 중년들의 연애가 보고 싶으면 《엄마들》이라는 만화를, 70대 노년의 연애를 보고 싶으면 〈죽어도 좋아〉라는 영화를.

"아직도 이삼십 대에 연애해서 결혼에 골인하는 게 중심 서사인 거 이제 바뀌어야 돼. 미디어에 드물게 나와서 더 불안한 거야. 마흔이 돼서도 쉰이 돼서도 계속 살아갈 건데."

경민은 유정을 바라봤다. 유정이 말을 이었다.

"네가 쓴 대사처럼만 살아. 포기하지 말고. 이번에 시나리오 좋았어. 좋다고 해도 속으로 의심하겠지만."

서로에 대해서는 거울같이 잘 알았기 때문에 속내가 감춰지지 않았다. 경민은 어느 때보다 유정에게 뭉클한 감정을 느꼈다. 유정에게 남아 있는 연애 감정은 조금도 없었다. 서로를 잘 알기에 대화가 즐거운 전우애 같은 마음이 더 컸다.

"고마워."

경민은 이렇게 유정과 함께 일을 하고 커피를 마실 수 있다는 게 기적 같았다. 연애의 감정은 파도에 휩쓸린 모래성처럼 사라졌지만 지난 세월과 커리어는 남았다. 먼저 손을 내밀어 준 유정에게 진정으로 고마웠다. 앞으로 어떤 사람을 만나게 될지 모르지만 유정 같은 사람은 없을 거라고 경민은 생각했다.

　이른 저녁 식사를 하러 나오자 구름이 예쁘고 햇살이 좋았다. 뭘 먹을까 생각하며 걷다가 경민은 꽃이 핀 것을 봤다. 잎 사이가 벌어진 꽃 모양이 어쩜 이렇게 뚜렷하고 선명할까. 자연의 신비에 감탄하며 고개를 숙이고 핸드폰으로 사진을 찍었다. 유정이 자기 엄마 같다며 웃었다.

　"꽃에 눈이 가고 멈춰 서서 사진 찍고 그러면 정말 나이든 거라는데, 어쩌냐."

　"어쩌긴 뭘 어쩌냐. 나이 든 거지."

　경민은 이전에는 조금도 궁금해 본 적 없던 꽃 이름이 궁금했다. 포털 사이트에 꽃 사진을 검색해 보니 '일일초'라고 나왔다. 인공지능이 찾아주는 결과가 늘 100퍼센트 정확하진 않았다. 일일초의 이미지들은 비슷비슷했지만 훨씬 잎이 넓고 둥글둥글했다. 경민은 식물 덕후들이 있는 게시판에 일일초가 맞느냐고 사진을 올렸다.

　모처럼 함께 걷고 햇볕을 쬐니 기분이 좋았다. 매일 미팅이 있으면 좋겠다고 경민은 생각했다. 매일 혼자 밥을 먹는데, 현장에서 사람들하고 같이 밥 먹고 싶어서 영화를 찍는다던 선배 감독이 떠올랐다. 지금 경민에게는 다른 것보다 밥을 함께 먹으면서 나누는 일상의 수다가 필요했다. 경민은 공기를 한껏 들이마시며 걷다가 유정에게 물었다.

"나 너희 회사에 어디 자리 없냐? 아이템 개발 부서나 기획팀 뭐 그런 데. 나 돈 많이 안 받아도 돼. 출근하고 싶다. 아니, 같이 이렇게 밥 먹고 싶어."

유정은 얘가 진짜 안 되겠네, 하는 표정으로 경민을 빤히 바라봤다.

"내가 병원 추천해 줄까."

"나 진지해."

"나도 진지해. 너 그 시기 잘 넘겨야 한다. 경주마처럼 앞만 보고 달려야지. 곁눈질하면 어떡해. 그러기엔 너는 너무 멀리 갔어."

유정은 매몰비용이니 기회비용이니 친숙하지 않은 단어들을 써가며 경민을 만류했다. 대학원에서 예술경영을 전공하더니 아주 박식해졌다. 그때 경민의 핸드폰에 누군가 댓글을 달았다는 알림이 왔다.

'그거 페어리스타라고 하는 일일초의 개량종이야.'

포털 사이트에 페어리스타를 검색해 보니 일일초보다는 눈앞의 꽃이 비슷했다. 그러나 완벽히 똑같진 않았다. 경민은 생각했다. 꽃에 이름이 있는 것처럼 사람들은 성격에도 맞춤한 이름이 있기를 바라는 거겠지. 관계에도 마찬가지고. 그러나 유정과의 관계가 '구여친'이라는 말로는 다 설명되지 않듯

MBTI로 판단되고 싶지 않았다. 그 힘든 일을 겪기 전의 자신
도 인티제였을 것이다. 지금의 자신과 마음이 힘든 사람들에
게 전혀 공감 못 했던 때의 자신을 같은 성격의 사람이라고 볼
수 있을까. 지고 있는 노을에 유정의 얼굴이 붉게 물들었다.
경민은 노을이 지고 있는 저 먼 곳을 바라봤다. 꽃향기를 맡기
위해 고개를 숙인 채 숨을 깊게 들이마셨다. 그러다 대뜸 유정
에게 MBTI가 어떻게 되느냐고 물었다. 유정은 너까지 MBTI
타령이냐는 듯 표정을 구겼다.

"난 그런 거 안 믿어."

속으로 인티제 맞네, 하며 경민은 웃고 말았다.

♦ 영화 〈토리노의 말〉 도입부 내레이션 문장 일부를 수정.

제가 **INTJ**를 대표할 수도 없고 **INTJ**가 저를 대표할 수도 없다고 생각합니다.

정대건　　소설집《아이 틴더 유》,
　　　　　　　장편소설《GV 빌런 고태경》이 있다.

Ⓙ

Ⓣ

임현석

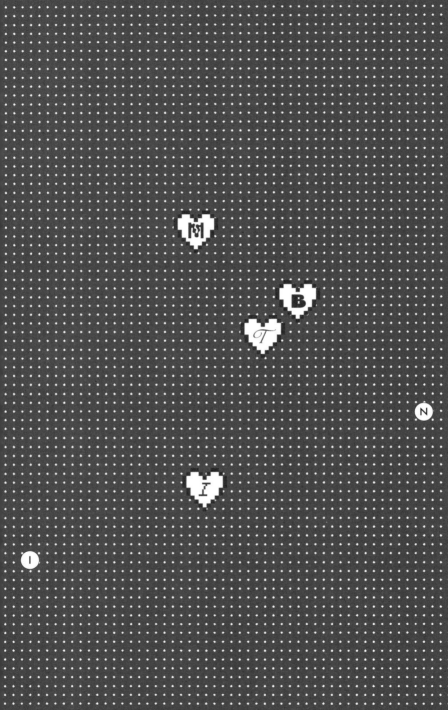

주말에는 보통 사람

윤아가 석사과정을 그만두겠다고 했을 때, 나는 젓가락질을 멈추고 잠시 보통의 사람들이라면 이럴 때 어떻게 대답할지 생각했다. 너무 골똘해져서 점심시간 내내 북적대는 김치찌개집 안이 다 조용해지는 기분이었다. 어쩐지 갑자기 점심 하자고 했을 때부터 심상찮긴 했다. 밥 한번 먹자는 게 그냥 의례적인 말이겠거니 연구실에서 고개만 적당히 끄덕였는데, 날짜까지 아예 불러보라기에 뭔가 있구나 싶었다.

"그래. 아쉽지만 앞으로도 너의 삶을 응원할게."

내 반응이 적절했다면, 우리는 회한에 젖은 눈빛을 하고 같은 지도 교수 밑에서 함께 거쳐온 세월을 잠시 떠올리게 됐을 것이다. 나는 곧 눈빛을 아련하게 만들 참이었는데, 윤아는 미간을 찌푸리고 있었다. 누군가를 훈계하려고 할 때마다 나오는 표정이었다.

"이럴 땐 일반적으론 어째서냐고 먼저 물어보는 거야."

"그래. 어째서야?"

애초에 그게 가장 궁금하긴 했다만 대학원 그만둔다는 게 너무 개인적인 영역 같아서, 내가 뭐라고 물어보나 하다가 주저주저했던 건데. 나는 속엣말은 빼고, 토익 기출문제를 암기하듯 이번에도 그저 외웠다. 석사과정 동기가 대학원 나간다고 하면 어째서냐고 먼저 묻는 거라고. 그게 일반적이라고. 근데 일반적이라는 게 정의가 뭔데? 혼자 중얼거리면서 나만의 세계로 떠내려가고 있을 때 윤아가 식어가는 김치찌개가 놓인 진짜 세상으로 나를 건져 올렸다.

"전업으로 유튜브 하려고." 한번 찌푸린 미간은 그대로였고, 대단한 결심을 털어놓는 말투였다. 그런 표정과 말투에 비해선 턱없이 귀여운 이유였다. "강아지 키우는 브이로그. 잘될까?"

"글쎄다. 요즘엔 아무나, 아니, 누구나 유튜버를 하려고 하니까, 제대로 된 기획이 아니면 힘들지."

그건 특별히 모난 구석 없는 말이었지만, 때론 너무 정확한 말에도 사람들이 불편해한다는 걸 나는 잘 알고 있었다. 정확한 조언을 해주려다가 인간관계가 여러 번 틀어졌다. 몇 번 그런 일을 겪은 이후로는 말한 뒤에 잠시 상대방 눈치를 살피는 버릇이 생겼는데, 다행히 윤아는 아랑곳하지 않는 기색이었다.

"대학원은 내가 알아서 할게. 나 좀 도와주라. 주말에 시

44

간 괜찮지?"

"주말? 나 약속 없어서 쉴 생각이었어."

약속 없고 쉴 생각이니 부르지 말라는 뜻인데, 윤아의 얼굴이 환해졌다.

"잘됐네."

벽 가운데 걸린 건 쨍한 원색 계열로 그려진 불교 사천왕 탱화였다. 불단 위 쌀이 가득 찬 향로에 꽂힌 향 몇 개에선 연기가 피어올랐다. 강렬한 향냄새 때문이었을까. 마치 그 방에 정말 압도하는 기운이라도 있는 것처럼 느껴졌다. 귀신이 정말 있기라도 한 것처럼. 탱화 옆 족자엔 이렇게 쓰여 있었다. '영으로 봅니다.'

불단 위엔 텀블러 크기 정도 되는 작은 동자승 인형들이 배열돼 있었다. 인형들은 하나같이 웃는 표정이었는데, 다소 기괴해 보였다. 그런 느낌엔 조명도 한몫했을 거다. 방엔 멀쩡히 형광등이 달려 있었는데도 단 위의 촛불 여러 개로만 방을 밝혀두고 있었다. 나는 방에 들어서자마자 주변을 둘러보면서 "여기 너무 어둡네요"라고 말했는데 윤아가 팔꿈치로 내 갈비뼈 쪽을 툭 쳤다. 그러곤 내 귀에 대고 속삭였다.

"이런 데 오면 일반적으로 겸손하게 손 모으고 보살님 말부터 기다리는 거야."

　나는 허벅지 쪽에 손을 모으고 몸을 숙이면서 눈을 내리깔았다. 일반적으로 모두들 그렇게 한다는 대로, 이번에도 속으로 외웠다. 점집에선 조명과 인테리어에 불평하지 않는 거라고. 그런데 정말이지 일반적이라는 건 도대체 뭘까? 누가 특별히 정의를 내려주거나 가르쳐주는 사람도 없는데, 보통 사람들은 어디에서 무엇이 적절한 행동인지 어떻게 알게 되는 걸까. 혼자만의 생각으로 또 떠내려가고 있는데, 이번엔 보살님의 한마디가 향이 타오르는 실제 세상으로 나를 건져 올렸다.

　"방석에 앉으시게."

　한복 차림이었던 보살님은 서른 살 남짓이나 됐을까. 우리랑 비슷한 연배로밖에 보이지 않았는데, 옛날 사대부 대감 댁이 어디 천한 것들을 봤을 때나 보일 것 같은 차가운 무표정에다가 위엄 서린 예스러운 말투였다. 우리는 그 말만을 기다린 사람처럼 보살님 앞 직사각 소반 가까이 다가가서 방석 위에 앉았다.

　방 안 소품들의 색이 하나같이 밝은 원색 톤이었던 것과는 대조적으로, 보살님의 한복 저고리는 한없이 옅은 미색이었다. 그 차분한 복장은 온통 조금씩은 과장된 점집 인테리어 속에서 마치 방 안의 기운을 빨아들여 보살님을 더 돋보이게 만드는 효과가 있었다. 복장에 비해서 보살님의 메이크업은 지나쳐 보일 정도로 선이 굵고 진했는데, 이곳 분위기 속에선 그건 그것대로 카리스마적이었다.

전반적으로 보살님의 인상이 워낙 강해서 기가 눌린다는 느낌을 받았다. 그래서 오늘 이 자리에서 아무 말도 꺼낼 수 없을 거 같았는데, 그럼 나는 뭣 하러 여기 왔는지 모를 일이었다. 어쩌면 나 역시 불단 위 소품들처럼 인테리어 요소일지도?

"자네들은 무슨 일로 왔지?"

"사업운이 어떨까 싶어서요." 윤아가 대답했다. 나는 그냥 따라왔다고 해야겠지만 이럴 땐 굳이 나까지 대답할 필요가 없다는 것 정도는 알고 있었다. 일반적으로 사람들이 어떻게 행동하는지 사회 생활을 통해서 조금은 터득했달까. 나는 인테리어 소품입니다, 라는 말을 농담으로조차 하지 않았다고 스스로를 대견해하면서 잠시 윤아를 바라보았는데, 내겐 관심조차 두고 있지 않았다.

"돈이 될 수 없는 물건으로 돈을 벌려고 하는구먼. 그러니 힘이 들지."

보살님이 몸을 반쯤 옆으로 틀면서 혀를 찼다. 모호하기 짝이 없는 소리였는데, 윤아의 눈이 커졌다.

"어떻게 아셨죠? 애초에 걔는 물건이 아니니까요."

"영으로 보니까 알지."

보살님은 눈을 감은 채로 소반 아래로 손을 집어넣고는 조물조물하더니 소반 위에 쌀을 한 줌 뿌렸다. 그러고는 아무렇게나 흩어진 쌀알을 유심히 살펴보다가, 손가락으로 하나씩 골라내면서 말을 이었다. "배수진을 쳐야 될까 말까인데, 아직 마음의 준비가 안 됐어. 그런 마음가짐으로 뭘 하겠다고."

보살님은 어떤 쌀알에서 손을 멈췄다. 그걸 집어서 입에 가져가서 넣고 오물거리더니, 돌연 마치 감전된 것처럼 부르르 떨었다. 소반 아래에서 방울 달린 부채를 꺼내 펼친 뒤 마구 흔들기까지 했다. 나 빙의 중이오, 라고 온몸으로 말하는 것 같았다. 이내 보살님의 어깨가 축 늘어지면서 방울 소리가 멎었다. "수천 년을 떠돌다 이 몸에 내려온 장군신이 말씀하시길." 보살님이 그렇게 말하면서 윤아를 향해 눈을 부릅떴다. "사람은 많이 몰리는데, 실속이 없어. 주변 사람들은 사기꾼들이거나 속내가 검은 사람들이야. 조심해. 너 도와주려는 것처럼 보일 텐데 다들 꿍꿍이가 있다고."

그러다가 돌연 보살님이 이번엔 나를 바라보면서 엄하게 꾸짖는 목소리로 말했다. "자네는 무슨 꿍꿍이인가?"

"저요?" 예상치 못한 질문을 받아서 화들짝 놀랐다. 나 무슨 꿍꿍이지? 아무리 생각해도 질문의 요지 자체가 이해되지 않았다. 이럴 땐 일반적으로 보통 사람들은 어떻게 대꾸할까? 윤아를 흘깃 바라보았는데, 아까 들은 말만 계속 곱씹고 있는 표정이었다. "글쎄요. 이 친구 하는 거 보고 괜찮다 싶으면, 저도 대학원 그만두고 유튜버나 할까 싶네요. 그것도 꿍꿍이라면 꿍꿍이죠."

"유튜버?"

보살님은 장군신이 그것까진 다 말해주지 않았는지 그렇게 반문했다. 하긴 수천 년 떠돈 장군신이라면 유튜브가 뭔지 알긴 어렵겠지. 강아지가 나오는 영상이 있고, 그걸 사람들이 많이 보는 것만으로도 돈이 벌린다고. 일이 잘 풀리면 제품 광고까지 받을 수 있다고 하면 이해할 수 있을까. 안타깝게도 장군신은 유튜브 수익 모델을 잘 모르는 기색이었다. 보살님 입을 빌려 "뭘 하려고?"라고 이제야 직접 물어본 걸 보면.

"제가 강아지를 키우는데요." 윤아가 그렇게 입을 뗀 뒤한참을 설명했고, 나와 보살님과 장군신이 앉아서 이야기를 들었다. 모르긴 몰라도 여기서 유일하게 유튜브를 모르는 장군신은 꽤 시무룩했을 것이다. 윤아는 이야기 막바지에 이르러 자기네 집 강아지가 정말이지 귀여워서 성공할 거 같지만, 그래도 되도록 여기서 확신을 받아 가고 싶다고 했다. "그래서 여기까지 찾아온 거죠."

"개가 아무리 귀여워도 사업이 될까?"

보살님이 오른손으로 턱을 괴면서 말했다. 장군신도 같은 자세로 고쳐 앉았을 것이다. 보살님이 고개를 갸웃할 때 같이 갸웃하면서. 나도 어느덧 같은 자세로 턱을 쓰다듬었는데 그때 무심코 "힘들겠죠, 아마"라고 흘리듯 대답했다.

"아마도."

보살님도 생각에 골똘히 빠진 채로 그렇게 받았다. 그때 보살님이 고개를 끄덕인 것처럼도 보였다. 장군신과 보살님, 나까지 합세해서 부정적인 반응을 보인 셈인데, 보살님은 갑자기 아차 싶었는지 손가락으로 나를 가리키면서 윤아에게 말했다. "이런 놈을 조심해야 해. 매사 부정적인 말만 하는 놈." 장군신은 화를 내고 있었다. "마음가짐이 중요하다고 했지, 내가."

어디 마음가짐이 안 중요한 일이 있겠어. 점집에서 빠져나와 지하철역으로 방향을 잡고 주택가 좁은 길을 걸어 나올 때 나는 속으로 중얼거렸다. 보살님은 유튜브가 잘되기 쉽지 않다는 결론을 내렸고 정히 유튜브를 하고 싶으면 장군신에게 보다 정성을 들이라고 했는데, 나로선 무슨 뜻인지 알 수 없는 말이었다.

골목길에서 차도가 있는 길가로 빠져나왔는데, 길이 조금 넓어지자마자 댈 수 있는 곳마다 불법 주차한 차량들이 빼곡하게 나타났다. 오르막길이라서 숨이 찼는데, 성큼성큼 내딛는 윤아의 보폭에 맞추려면 뒤처질 때쯤 종종걸음으로 따라붙어야 했다. 점집에서 멀어졌다 싶을 때 윤아가 물었다.

"어땠어?"

"다 맞는 말인지는 모르겠지만, 적어도 내가 매사 부정적이라는 건 맞긴 해."

"내 말이."

우리는 길을 따라 걸으며 슈퍼마켓과 세탁방을 지났다. 나는 윤아의 눈치를 보다가 조금 더 솔직하게 말할 필요도 있지 않을까 생각했다. "하지만 저런 말에 신경 쓸 필요는 없다고 봐. 아무리 생각해도 강아지 브이로그 잘 안될 거 같은데, 그건 적어도 혼령과는 무관한 일이라고 생각하거든."

"저런 말 잘 안 믿는구나."

윤아가 말했다. 글쎄, 대체로 점에 부정적인 편이긴 했지만 그보다 특히 이번이 어딘가 더 허술해 보였을 뿐이다. 구성이 치밀하고 앞뒤가 맞아떨어진다면 귀신 나오는 온갖 괴담이나 다른 신점 이야기도 얼마든지 흥미롭게 듣는 편이지만, 유튜브를 알지도 못하는 혼령한테 브이로그에 대한 조언을 들을 필요까진 없다는 게 내 결론이었다. 나는 최대한 에둘러 말했다.

"뭐랄까. 방금 장군신은 못자리를 쓴다거나, 집 안에서 갑자기 접시가 깨지는 오컬트 현상이 나타나서 자초지종을 알고 싶을 때 조금 더 신뢰가 가는 타입 같아."

"하여간 부정적이네."

"나 멀리하는 거 아니지?"

"적어도 장군신이 한 말 때문에 미워하는 일은 없을 테니까 걱정하지 마." 내 말에 윤아가 피식 웃으면서 말했다. 최대한 많은 이야기를 들어서 나쁠 거 없잖아. 남의 말을 듣다 보면 내가 뭘 놓치고 있는지 알 수도 있고."

점은 사실 비과학이잖아, 라는 말을 못 해서 우물거리고 있었는데 윤아가 다음 말까지 덧붙인 걸 보면 내 표정에서 무언가를 읽었던 게 틀림없다. 나는 안도했다. 혹시라도 사람이 변해서 그게 점이든 뭐든 한쪽 말에만 전적으로 의존하는 경우라면 실망스러웠을 것이다. 윤아는 어느 한쪽 말이나 상황만 듣고 판단하는 유형이 아니라는 신뢰가 있었으니 말이다.

오히려 윤아는 구태여 확인해 보고 또 들어보려는 타입이었다. 나는 그런 윤아의 장점을 알고 있는 사람이었다. 산업공학 전공 대학원에 진학하고 얼마 지나지 않은 무렵이었다. 그 무렵 나는 동기 모임 같은 덴 도무지 나가지 않았고 동료와 잘 어울리지 않았던 탓에 좀 고약한 소문이 돌고 있었는데, 그때 소문이 돈다는 사실을 윤아에게 들었다.

동기들을 모두 얼간이라고 헐뜯고 다닌다며? 커피라도 한잔하자면서 소문의 진위를 대놓고 물어본 게 윤아였다. 다들 뒤에서 쑥덕이는 대로 일방적으로 평가한다고 해서 문제

될 일은 없었는데, 아니, 오히려 그쪽에 들러붙어서 나를 씹어 대며 다수로서의 소속감과 안도감을 느껴도 됐을 텐데, 욕할 땐 욕하더라도 확인할 건 확인하겠다며 내게 굳이 소문에 대해 물어본 것이다.

소문에 관해서라면 억울한 면이 없지 않았다. 나는 혼자 연구하는 경우가 많았고 누구와도 어울리지 않은 건 사실이지만 그게 누구에게 피해를 주는 일은 아니지 않느냐고, 내 연구를 하면 그만이라고 생각할 뿐 누굴 무시해서 모임에 빠지는 건 아니라고 했다. 그저 모임 같은 데 나가는 게 좀 귀찮을 뿐이라고.

그리고 어떤 동기들은 얼간이인 게 틀림없지만 맹세컨대 단 한 번도 그런 생각을 입 밖에 내진 않았다고 했다. 이는 누구와도 불필요한 논쟁을 벌이고 싶지 않았기 때문이라고. 말싸움을 하면 결국엔 내가 이기겠지만 아무튼 논쟁 자체가 몹시 귀찮은 일이라며 고개를 절레절레 내저었다.

그 말을 듣고 윤아가 웃음인지 감탄사인지 모를 소리를 냈다. 보통 사람들은 빵 터졌다고 표현하는 그런 반응이었다. 나쁜 사람은 아닌 거 같은데 일반적이진 않은 거 같다고, 윤아가 턱을 괸 채로 나를 보며 말했다. 그날 이후 윤아가 지닌 장점을 나는 명확하게 알게 됐다. 본인이 직접 확인하기 전까지 판단을 유보하는 건 매우 드문 종류의 덕성이었다. 얼간이들에겐 없는 장점이었다.

그러니까 윤아는 어떤 이야기를 듣더라도 자신이 주도권을 가지고 판단하는 사람이었다. 그리고 일단 듣는 편이었다. 비과학, 비과학 하면서 투덜대는 나와는 달리 윤아는 세상살이에 필요한 적당한 타협과 균형 감각도 있는 편이었다. 내가 틀린 건 아니지만, 윤아가 틀린 것도 아니라는 건 안다.

우리는 큰길가에 도달했다. 이내 지하철역이 나왔다. 목적지 방향이 달랐고, 승강장이 갈리는 곳에서 헤어져야 했다.

"아 참, 다음 주 주말엔 뭐 해?" 윤아가 물었다.

"별 약속 없고 쉴 생각이야."

"잘됐다."

1층 가게는 통유리로 둘러쳐져 있어 안이 들여다보였다. 모조리 흰 벽이었는데 가운데쯤엔 커다란 액자 같은 것을 걸었다가 뗀 흔적이 보였다. 네모난 구역 안쪽만 때가 덜 탄 것을 보면, 원래는 대형 지도 같은 게 걸려 있었던 것 같다. 예전엔 공인중개소였던 게 아닐까. "내 추리 그럴듯해?" 가게 밖에서 줄을 서는 동안 윤아에게 물었다.

"그래, 예전엔 공인중개소였나 보네. 지금은 타로집이고." 윤아는 스마트폰을 보면서 심드렁하게 대답했다. 나 혼자 공인중개소가 왜 망했을지 상상해 보는 동안 바깥에서 타로를 보려고 늘어선 대기 줄이 차츰 줄어들었다.

가게 안쪽 공인중개소 시절 데크스 자리였을 법한 곳엔 녹색 벨벳 테이블보가 깔린 원형 탁자 하나 뿐이었다. 거기 타로마스터가 앉아서 진지한 표정으로 카드와 손님을 번갈아 바라보고 있었다. 타로마스터라고 부른다는 건 그날 윤아가 알려준 것이다.

그는 흰색 긴팔 셔츠에 니트로 짠 넥타이를 하고 있었는데 아마 40대쯤이나 됐을까. 이번엔 우리보다 좀 나이가 더 들어 보이는 아저씨였다. 공인중개사였다가 사업이 안돼 타로 카드로 직종을 전환했을 거라고 해도 될 만큼, 여느 보통의 생활인이나 다름없어 보였고 특별히 신묘한 기운이 느껴지는 인상은 아니었다.

아니, 혹시 정말 공인중개사였다가, 일이 잘 안 풀려서 업종 전환을 한 것은 아닐까. 한 번 실패를 맛본 터라 업종 전환 후 더욱이나 일에 몰입하고 있을지도. 밖에서 본 타로마스터는 카드를 가리키면서 매우 진지한 표정을 하고 있었다.

"나 방금 공인중개소 왜 없어졌는지 알아낸 거 같아. 들어볼래?"

"이제 곧 우리 차례야. 말하기 전에 한 번만 더 생각해 보고 별 쓸데없는 소리 같으면 나중에 해줘."

쓸데라는 건 정의가 뭘까. 이젠 우리 둘 다 말없이 각자

55

스마트폰만 바라보았다. 나는 나무위키에서 '명태' 항목을 찾아 읽던 중(내가 어쩌다가 그걸 찾아보았는지는 기억이 나질 않는다)에 어느새 줄이 다 빠졌고 가게 안으로 들어섰다. 타로마스터가 테이블 자리에 앉으라는 손짓을 해 보였다. 나는 윤아를 따라 테이블 가까이 다가갔다. 그러곤 등받이가 없는 삼발이 원형 의자를 뒤로 빼내며 앉을 공간을 만들다가 문득 묻고 싶은 게 생겼다.

"이거 이케아 의자인가요? 매장에서 본 거 같은데, 되게 불편해 보여서 안 샀거든요."

윤아는 이번엔 내 긴팔 티셔츠 소맷단을 아래로 가볍게 잡아끌었다. 내가 뭔가 부적절한 반응을 했기 때문에 신호를 줬다는 것 정도는 알 수 있었고, 타로카드 점을 보러 와서도 어디 가구냐고 묻지 않는 게 일반적인 세상의 룰인가 보다 생각했다.

내가 또 한번 학습하면 기억해 뒀다가 잘 활용하는 편이긴 해서, 타로마스터가 "모르겠습니다. 그런가요?"라고 대답하자 헛기침을 하면서 일반적이지 않은 대화를 대충 마무리했다. 도대체 일반적이라는 건 뭔지.

타로마스터는 카드를 손안에서 몇 차례 섞더니 탁자에 올려놓곤 뒷장이 보이게끔 좌르르 펼쳤다. 이제 윤아의 일은 펼쳐져 있는 많은 카드 중에 하나를 짚는 것. 윤아가 검지를 든 채로 고민에 빠져 있었다. 손가락이 천천히 좌우로 오가다가 덥석 가운데에서 약간 왼쪽에 치우쳐 있는 한 카드를 집었다. 그러곤 카드를 뒤로 빼내서 직접 뒤집었을 때 나온 모양은.

"운명의 수레바퀴." 타로마스터가 탄식하듯 말했다. 그가 갑자기 나를 살펴보더니, 다시 윤아 쪽을 향했다. 이런 말 꺼내기가 미안하다는 표정이었다. "옆의 분과 연애하기 어렵죠? 어떤 연애는 수레바퀴에 몸이 매달려 돌아가는 고문 같기도 하죠."

잠시 테이블 위로 정적이 흘렀다.

"아네요. 그런 사이." 윤아와 나는 거의 동시에 손사래 치며 말했다. 타로마스터는 오늘 하도 연애운 보는 분들이 많아서 착각했다며, 카드를 황급하게 수습한 뒤에 모아서 손안에서 여러 번 다시 섞었다. 어쩐지 아닌 거 같더니만 요즘은 가끔 잘못 보인다니까. 카드를 섞으면서 타로마스터가 구시렁대는 소리가 다 들렸다.

그 장면은 어디서 본 것 같은 기시감이 들었다. 언제였더라? 생각해 보니, 대학원에서도 비슷한 경험을 한 적이 있다. 윤아와는 종종 수업이 끝난 뒤 학교 건물 뒤 공터에서 자판기 음료수를 꺼내 먹으면서 대화도 나누곤 했는데, 우리 둘이 같이 있는 모습을 동료들이 힐끔 보면서 지나가기도 했던 모양이다. 이후로 몇 번이나 동기들이 슬쩍 윤아와의 관계에 대해서 묻기도 했는데 나는 그럴 때마다 "아녜요. 그런 사이"라며 고개를 가로저었다.

몇 번이나 그런 일을 겪은 뒤 나는 윤아와 함께 자판기 앞에서 제로콜라를 꺼내 마시면서 왜 머저리들은 가십 같은 것을 만드는지 모르겠다며 냉소했다. 우리가 자판기 앞에서 나누는 대화는 대체로 정해져 있었다. 나는 멍청한 지도 교수에 대한 불만을 주로 터트렸다.

반면 윤아는 지도 교수 성향이나 동아리 개설 소식처럼 대학원이 어떻게 돌아가는지를 주로 화제에 올렸다. 가끔은 모임에 들어보면 어떠냐고 묻고 그럼 나는 "내가 왜 얼간이, 아니, 동기들과 어울려야 하는지 잘 모르겠네. 귀찮기도 하고"라면서 완곡하게 거절하곤 했다. 학교에 대한 불만은 내가 더 컸다. 학업을 중단한다면 윤아보다는 내가 그러는 게 더 그럴듯할 텐데.

타로마스터는 카드를 다시 테이블 위에 펼치면서, 현재의 마음과 앞으로 흘러갈 운명을 들여다보자고 했다. 우선 대학원 생활에 대해서 이야기하자며 카드를 골라보라고 했다. 윤아가 고심 끝에 카드를 한 장 뽑았다. 카드를 뒤집어 보니 거기엔 불에 타는 타워 그림이 그려져 있었다. 그건 누가 봐도 대학이 불에 타고 있다는 의미였다. 내 이럴 줄 알았다니까. 나는 수긍하며 고개를 끄덕였다. "보이는 대로죠. 하지만 이게 꼭 나쁜 것만은 아녜요. 당신이 결국 위험을 피한 뒤 타워를 보고 있다는 건 안전하게 피신했다는 의미일 수도 있거든요."

나중에 알게 됐지만, 카드를 한 번 뒤집을 때마다 돈이 계속 붙는 방식이었다. 어쩐지 다정하게 이것저것 물어보면서 뒤집더니만. 타로마스터가 주도하는 몇 번의 대화가 오간 끝에 이번엔 윤아가 물었다. "강아지 키우는 유튜브 잘될까요?" 질문 하나엔 카드 하나. 윤아가 고민하더니 이번에도 카드 하나를 조심스럽게 집었다. 카드를 뒤집자 달을 보며 짖는 개 그림이 나왔다. 공허하고도 어리석은 일에 매달리고 있다는 뜻일까.

"더 문(The Moon)." 타로마스터가 말했다. "달빛이 깔린 어둠. 이것은 불안을 의미하기도 하고, 불안을 거쳐 혼란이 곧 끝나갈 것이라는 의미이기도 합니다. 중요한 건 밝은 곳이 나올 때까지 당분간은 어둠을 통과해야 한다는 거죠. 이제 당신이 스스로에게 묻고 답해야 할 차례입니다. 버틸 수 있겠습니까?"

우리는 대학로를 따라 늘어서 있는 타로카드집과 분식 포장마차들을 지나쳐서 번화가 쪽으로 향했다. 방금은 어땠느냐는 윤아의 질문에는 이번에는 사실 별로 집중하지 못했다고 털어놓았다. 아무리 봐도 특별히 새겨둘 만한 얘기는 없었으니까.

"그냥 학교가 불타는 이미지만 떠올라."

"멍청이들이 많으면 그렇게 되지."

그 말을 듣고 나도 모르게 입 주변을 매만졌다. 내 입에서 나온 말이 아니라는 사실을 확인하려고. "별로 친하지도 않은 동기 앞에서 그런 적나라한 평가를 할 필욘 없지." 나는 윤아에게 나한테 했던 말 기억나느냐는 눈빛을 보냈다.

"이미 친해졌잖아." 윤아가 어처구니없다는 듯이 말했다.

걷는 동안 생각했다. 친하다는 건 정확한 정의가 뭘까. 수업 끝나고 집에 가기 전에 캔 콜라 한잔하는 사이도 그런가? 일반적으로는 연애는 몇 년 차로 접어들었는지, 어떤 차를 가졌는지, 재테크는 어떻게 하는지, 가족 관계는 어떤지 서로의 시시콜콜한 걸 아는 사이를 말하지 않나.

엄밀히 따지면, 내가 윤아에 대해서 아는 건 많지 않았다. 윤아는 대기업에서 사회 생활을 몇 년 하다가 대학원에 입학했고, 그래서 학부 때 몇 번 휴학한 뒤 대학원에 진학한 나와는 동갑내기라는 정도. 윤아가 주식에 물려 있다고 한참을 하소연했던 것도 기억나는데 그것도 어느 회사였는지 얼마나 손실을 봤는지 디테일이 뚜렷하게 떠오르진 않는다. 본인도 그다지 심각하게 생각하진 않는 듯해서 묘하게 낙천적인 사람이라는 인상을 받았다.

거기까지였다. 사적인 건 되도록 묻지 않았다. 그저 얼마 전 연구 용역으로 받은 기업 세일즈 데이터를 들여다보니 꽤 흥미로운 인사이트가 도출됐는데 한번 들어볼래, 하며 연구 영역 안에서 주로 대화를 풀어나갔다. 게임은 안 좋아하지? 한번은 윤아에게 그렇게 불쑥 물은 적이 있는데, 별로라기에 나도 그렇게 좋아하는 편은 아니라고 했다. 그러고는 연구 데이터에 대한 보고서를 올려도 피드백을 제때 주지 않는 용역 의뢰처에 대한 불만 같은 것으로 대화를 옮겨갔다.

나는 꼭 윤아라서가 아니라 다른 누구에게도 사적인 영역은 잘 묻지 않는 편이었다. 물론 가장 중요한 건 누구에게나 개인적인 영역이 있으며 이는 그쪽에서 먼저 꺼내기 전엔 함부로 침범해선 안 된다는 인식이 명확했기 때문이었는데, 부차적으론 그런 사적인 대화가 그다지 생산적이지도 흥미롭지도 않다고 생각하는 편이기도 했다. 그런 건 대체로 시간 낭비이기 십상이다.

사실 내게 있어 윤아는 친하다기보다는 '잘 아는 사이' 범주에 놓인 사람이었다. 분명 윤아는 좋은 사람이고, 호감 가는 스타일이기는 하지만, 친하다는 것과는 별개다. 나는 어떻게 보면 내 안에서 명확한 선을 두고 있었는데, 어째서 윤아는 그런 나의 선을 의식(그러나 그걸 침범한다는 느낌은 아니었다)하지 않을 수 있는지, 왜 '친하다' 범주를 넉넉하게 두는지.

어째서 대학원을 그만두고 유튜버를 하겠다는 사적인 계획을 무턱대고 털어놓는지. 그 모습이 오히려 일반적인 건가? 일반적이라는 건 도대체 뭘까.

"무슨 생각해?" 윤아가 물었다. 주위를 살펴보니 윤아를 따라서 지하철역 근처 대형 프랜차이즈 카페 안에 들어와 있었다. 키오스크 주문이었고, 윤아가 내게 스크린에서 메뉴를 누르라는 시늉을 했다. 나는 아이스 아메리카노로 했다.

"친하다는 개념에 대해서 생각하고 있었어."

"일반적으론 그렇게까지 진지하게 생각하진 않는 주제네."

"그럼 다른 얘기 하자." 나는 이상한 사람처럼 보이고 싶지는 않았다. 나를 친하다고 여기는 사람에겐 나 역시 최대한의 호의를 내비치고 싶을 뿐이었다. 내가 해줄 수 있는 최선의 조언을 통해서.

"아무리 생각해도 네가 하려는 강아지 브이로그 유튜브 정말 잘 안될 거 같아. 망하겠지 아마."

동영상 콘텐츠는 최근 들어서 시청 길이가 짧아지는 추세고, 그럴수록 기획이 더 중요해진다고. 코미디 같은 극적인 부분을 도입하거나, 속도감이 느껴지는 편집 등 기존 채널과는 차별화되는 요소가 있어야 하는데, 그 정도의 기획은 네 머릿속에 없지 않느냐고.

"하지만 미친 듯이 귀여워."

"그렇겠지. 강아지는 다 그래."

나는 그렇게 말하면서 커피를 마셨다. 윤아는 강아지 사진을 보여주겠다며, 핸드백을 뒤적거려 스마트폰을 꺼냈다. 그러고 보니 사진을 본 적도, 내가 먼저 보여달라고도 한 적도 없다는 사실을 깨달았다. 윤아가 내 얼굴 쪽으로 꽤나 가깝게 화면을 가져오는 통에 고개를 좀 뒤로 뺐다. 윤아는 확신에 차 있었다. 나는 그 표정을 힐끔 본 뒤에 사진으로 시선을 옮겼다.

윤아는 하얀색 반팔 티셔츠 차림으로 키보드 크기만 한 갈색 강아지를 들고 카메라를 향해 웃고 있는데, 정작 강아지는 카메라는 쳐다보지도 않고 그저 한없이 권태로워 보였다. 강아지가 윤아와 친한 사이라고 생각하고 있는지 모르겠다. 강아지에게도 윤아는 그저 잘 아는 사이 정도일지도. 정말이지 친하다는 건 어떤 의미일까.

무슨 말을 해야 할지 고르고 있었는데, 윤아가 사진에서 강아지 부분을 확대하면서 구석구석 보여줬다. 자세히 보니 얼굴부터 등까지 이어지는 무늬가 갈색이었고 배 쪽은 흰 털이 퍼져 있었다. 전체적으로 털이 복슬복슬한 편이다. 꽤나 살집이 있다. 머리는 덩치에 비해 좀 큰 편인 듯하다. 인상을 종합하면, 어딜 봐도 지극히 평범하기 그지없다. 흔한 믹스견 같은데? 윤아가 아무리 화면을 옆으로 넘겨가며 다른 사진을 보여줘도 평가는 바뀌지 않는다. 어떻게 같은 말을 반복해야 할까.

"강아지가 브이로그 재능이 별로 없어 보여."

독특한 표정이 있다거나, 행동이 재미있는 유형이냐고 물었다. 그게 정말 궁금한 건 아니었다. 탈출구를 찾기 위해서였다. 윤아가 몇 가지 강아지 행동들을 나열하면, 나는 그럼 그건 그다지 인상적이지도 특별하지도 않은 거라고 말해주려고, 단념하는 편이 낫다는 말을 돌려서 하려고, 큰 불을 태우기 전에 장작을 모아두는 차원의 질문이었다. 그런데 전혀 예상할 수 없는 대답이 돌아왔다.

"직접 볼래?" 윤아는 내게 좀 더 자세한 관찰을 해보면 생각이 달라질 수도 있다고 했다. 강아지를 보면 주말에 덜 심심하지 않겠느냐고. "어차피 다음 주 주말도 할 일 없잖아?"

"쉴 생각이긴 했어."

"그러니까 말이야."

애견 카페는 처음이었다. 카페에서 기르는 강아지들이 바닥에 앉아 쉬고 있었다. 카페 가운데 매트에서 스펀지 공을 주워다가 누워 있는 강아지에게 던져주었는데 눈만 끔뻑일 뿐, 아무런 반응도 보이지 않았다. 네다섯 마리 정도나 될까. 하얀 털 강아지 한 마리가 내게로 다가와서 한참 관심을 보이다가 다른 곳으로 뛰어갔다. 강아지를 보고 있는 동안, 윤아가 바퀴가 달린 가방을 하나 끌고 나타났다.

숨 구멍이 뚫려 있는 강아지 운반용 가방이었다. "에구, 고생했어." 그건 강아지에게 건네는 말이었다. "무릎이 좀 안 좋아서 여기 담아서 데려왔어." 그건 나한테 하는 말이었다. 윤아는 자리에 앉자마자 지퍼를 열고 안에 들어 있는 걸 조심스럽게 꺼냈다. 뭔가 비밀스러운 거래를 한다는 기분이 들었다. 윤아가 무엇을 꺼내는지 뻔히 알면서도.

강아지는 머리부터 빠져나왔다. 윤아의 두 손이 강아지의 겨드랑이를 파고든 다음 재빠르게 한쪽 손으로 엉덩이를 받치면서 안았다. 사진보다는 무게가 더 나가 보였다. 작은 아기 같았다. 윤아가 강아지를 안은 채로 마주 보고 웃어 보여서 더욱더 그런 인상을 받았는지도 모른다. 강아지는 윤아의 얼굴을 핥을 것처럼 고개를 가까이 가져갔으나, 윤아는 강아지를 무릎에 앉혔다. 강아지는 시무룩한 표정으로 꼬리만 흔들어댔다.

"예쁘지?"

윤아가 강아지의 이마를 쓰다듬으면서 말했다. 뭐랄까. 실제로 본 윤아네 강아지는 사진으로 본 것보다 볼 주변이 통통했다. 눈은 마냥 동그래서 뚱하고 무심한 표정이 도드라졌다. 목 주변으로 털이 많아서 사진보다 더 복슬복슬하고 대가리도 커 보였다. 코 길이는 다른 개들에 비해 짧은 듯했고, 귀

65

는 큰 편이었는데 양쪽 크기가 좀 달라 보였다. 일반적으론 비례와 대칭이 정확한 걸 예쁘다고 표현하지 않나. 솔직하게 말하면, 윤아네 강아지는 못생긴 편이었다. 그걸 어떻게 돌려 말해야 할지 알 수 없었다. 무릎에 앉아 있는 강아지를 한참 쳐다봤다.

"예쁘네." 막상 그렇게 말하고 나니 거짓말을 한다는 기분은 아니었다. "뭐 일반적으로 강아지들이 다 귀엽긴 하잖아."

"브이로그 잘될 거 같아?"

그렇게 말하면서도 윤아는 그게 궁금하다는 투가 아니었다. 분명 확신에 차 보였다. 브이로그가 정말로 성공할 거라는 확신.

우물거리면서 제때 대답을 못 했는데, 윤아는 내게 강아지를 한번 안아보겠느냐고 말했다. 윤아가 무릎 위에서 강아지를 모종삽으로 뜨듯이 두 손으로 안은 뒤에 내게로 가까이 가져왔다. 나는 그것을 안아야 한다는 사실을 깨달았다. 윤아가 강아지를 안고 내 쪽에 다가오자 털 냄새가 훅 끼쳐왔다.

나는 윤아처럼 강아지의 겨드랑이 쪽을 먼저 파고들었다. 그렇게 들고 보니 강아지의 어깨 쪽에 무게가 실려 아래로 흘러내리는 액체 주머니를 무리하게 한쪽으로 쥐고 있는 모양이 됐다. 자세가 불편했는지 강아지가 '낑' 소리를 냈다. 나는 놀라서, 얼른 테이블에 강아지를 내려놓았다. 강아지는 테이불 위에서 호기심을 내비치며 뱅뱅 같은 자리를 천천히 돌았다. 꼬리가 내 얼굴을 칠 것처럼 가까이 붙었다가 멀어지길 반복했다. 자신이 속한 좁은 세상만이 세계의 전부라고 알고 거기에 너무 많은 에너지를 쏟는 바보들처럼. 종종 나도 그러하듯이.

"쓰다듬어주면 좋아해."

강아지가 내 쪽으로 엉덩이를 들이밀고 있을 때였는데, 나는 손을 뻗어서 목덜미부터 허리까지, 먼 곳부터 가까운 곳으로 천천히 쓰다듬었다. 그러자 강아지가 내 쪽으로 머리를 향했다. 내가 강아지를 자세히 보려고 얼굴을 가까이 가져가자 갑자기 혀를 내밀었다. 나는 좀 놀라서 흠칫했다. 윤아가 괜찮다고, 더 만져보라기에 다시 검지만 뻗어서 강아지 머리에 가져갔는데 강아지가 만져도 좋다는 듯이 가만히 서 있었다. 나는 이마에서 코로, 코에서 이마로 털의 결을 바꿔가며 문질렀다. 까슬한 감촉이 좋아서 여러 번 더 그렇게 했다. 나는 강아지가 테이블 위를 돌아다니는 모습을 오래 쳐다봤다.

강아지가 테이블 밖으로 내려가려는 자세를 하자, 윤아가 얼른 회수해서 다시 무릎 위에 앉혔다. 나는 강아지를 쳐다봤다. 잠시 눈이 마주치자 내가 먼저 눈을 홉뜨고 우스운 표정을 지어 보였다. 강아지는 나를 보고도 아무런 반응도 보이지 않았다. 그저 좀 피곤하다는 표정이었다. 나는 바로 직전의 얼굴로 되돌아갔다.

"콘텐츠 기획을 잘해봐. 그냥 브이로그로는 안 되지." 그게 내가 최선이라고 생각하는 조언이었다. 어떤 기획? 윤아가 물었다. 동물의 엉뚱한 행동을 유머러스하게 편집하면 좋을 텐데, 구체적인 방향까진 정하기 어렵다. 그건 본질적으로 강아지의 행동과 특징에 결부돼 있으므로. "주의 깊게 관찰하는 게 우선이야. 대상을 분석해야지."

그렇게 말하고 보니 그건 윤아가 언젠가 내게 해준 조언과도 비슷한 측면이 있었다. 그날 윤아는 카페에서 턱을 괸 채로 말했다. 별로 친하지도 않은 대학원 동기 앞에서 그런 적나라한 평가를 할 필욘 없다고. 그리고 대학원 멍청이들은 정말로 멍청이도 있지만, 설령 그렇게 보일지언정 흥미로운 사람들도 있으니 너무 꺼릴 필욘 없다고. 사람한테 관심을 더 가지다 보면 꽤 재미있는 점을 발견할지도 모르니, 모임 같은 데도 좀 나오면 어떠냐고 했다. 자세히 들여다보면, 꽤 흥미로울지 몰라. 멍청이들이 있다는 건 나도 동의하지만. 그때 윤아는 그렇게 말하면서 웃었다.

"강아지도 잘 들여다보면 재미있는 포인트를 발견할 수 있을지도 모르지." 한동안은 스마트폰으로 동영상부터 찍어보라고, 강아지 영상 찍으면 나한테도 보여달라고 했다. 같이 분석해 볼 테니. 그러다가 진짜 지금까지 꽤 오래 궁금해하던 걸 불쑥 물었다. "그런데 도대체 왜 대학원을 그만두려는 거야? 정말 브이로그가 전부야? 그것만으론 설명이 충분치 않아서."

말하고 보니 그건 꽤 일반적인 질문에 가까워 보였다. 윤아는 예상치 못한 질문이었다는 듯 화들짝 놀란 기색이었다가 생각에 빠진 듯한 표정이 됐다. "그게 좀 긴 이야기가 될 거 같은데."

그날 카페에서 좀 긴 대화를 나누는 동안 윤아는 강아지를 잠시 테이블 위에 올려놓기도 했다가, 다시 무릎 위로 가져갔다가 더러 품 안으로 들어 올리기도 했다. 나는 강아지와 눈이 마주칠 땐 더러 눈을 홉뜨고 웃긴 표정을 만들다가, 테이블 위에 있을 땐 손가락을 들어 머리를 쓰다듬기도 했다. 윤아의 말을 계속 따라가면서. 그건 납득할 수 있는 이야기였다. "어쩌면 정면 돌파가 답일지도 몰라." 나는 카페에서 헤어지기 전에 윤아에게 내가 할 수 있는 최선의 조언을 던졌다. 일반적이냐 아니냐와 무관하게 그저 내가 생각하는 최선을.

카페는 윤아네 집에서 그다지 멀지 않은 곳이었다. 윤아는 걸어왔다고 했다. 나는 지하철역으로 이동할 참이었다. 헤어지려는 순간, 나는 미처 묻지 못한 게 떠올랐다.

"아 참, 강아지 이름 뭐야?"

"너구리."

윤아가 말하자 너구리가 가방 안에서 움직이는 소리가 들렸다.

"어쩐지, 대가리가 유독 크더라. 어울리네."

내 말에 윤아가 빵 터졌다.

"일반적으로 다들 그렇게 말하더라."

그날 밤 나는 원룸으로 돌아와서 며칠이나 걷지 못했던 빨래를 부랴부랴 걷고, 미뤄두었던 설거지를 했다. 락스를 희석해서 솔에 묻힌 뒤 화장실 타일 벽 사이사이 긴 더러운 곳을 문질렀다. 미룰 수 있을 만큼 최대한 청소를 미루다가 더는 그래선 안 된다고 생각했다. 그사이 스마트폰 유튜브에선 긴 목록의 음악 플레이리스트가 돌아가고 있었다. 티셔츠를 옷장에 넣었다. 빨래 바구니를 세탁기로 옮겼다. 음식물 쓰레기를 버리러 건물 밖으로 나갔다. 엘리베이터를 타고 오르락내리락하는 동안 예전 일들을 떠올렸다.

몇 년 전 내가 없는 동기 모임에서 윤아가 했다는 얘기가 돌고 돌아 내 귀에까지 들어온 적이 있다. 윤아가 "소문대로 자기가 가장 똑똑하다고 생각하고 냉소적인 성격은 맞는데, 그렇게 이상한 사람은 아니더라고요"라고 했다고.

윤아가 그랬다는 걸 나중에 알게 됐다. 윤아의 평가는 나를 둘러싼 악소문을 진화해 주기는커녕 증폭시킨 셈이었지만,

나는 그래도 윤아에 대한 신뢰가 생겼다. 자신이 알고 있는 선에서만 말하려는 사람. 윤아 같은 사람은 소문의 대상을 쉽게 희화화하거나 대상화하지 않는다. 얼간이들과는 다르다.

어떤 결정을 하든 앞으로도 너의 삶을 응원할게. 문자를 보내려다가 너무 늦은 시간이 됐다는 걸 확인하고 그만두었다. 문자 같은 건 어째서인지 한정 없이 미루고 싶다. 나는 침대에 누웠다. 눈을 감아도 잠이 들기까진 시간이 좀 걸리는 편이다. 갈래 없는 생각들이 몰아쳐서. 예컨대 다음 주말에는 윤아가 카메라 같은 걸 사러 가자고 할지도 모른다는 예감 같은 것.

그리고 생각은 종잡을 수 없는 다른 방향으로 건너뛴다. 몇 주 동안 질문 하나가 잊히질 않고 계속 머릿속을 맴돌고 있다.

도대체 꿍꿍이란 건 어떤 감정일까.

　　미국 추리소설가 이사벨 브릭스 마이어스(1897~1980)는 1928년 한 잡지사가 주최한 탐정소설 공모전을 통해 데뷔했다. 당시 상금 규모는 7500달러(약 1000만 원)였는데 오늘날로 치면 약 10만 달러(약 1억 3000만 원)에 해당한다. 당시 공모전 경쟁자 중에선 훗날 미스터리 거장으로 불리게 될 엘러리 퀸도 있었다.

　　공모전 수상작 〈일어나지 않은 살인〉은 혁신적인 작품이었다. 당시 기존 추리소설들은 대체로 천재적인 탐정과 그를 보좌하는 조력자가 문제를 해결하는 구성이었던 반면 이사벨 마이어스의 작품에선 유약하고 섬세한 극작가와 헌신적인 조수, 억센 성격의 육군 하사가 지혜를 모아 범죄자를 잡는다. 천재적인 한 명이 아니라 팀이 문제를 해결한다. 캐릭터의 강점이 고르게 배분돼 있다.

　　이 구성은 작가 자신의 신념과 맞물려 있다. 이사벨 마이어스는 대학에서 만난 변호사 남편과 두 아이를 둔 중산층 가

정주부였다. 기혼 여성은 육아에 전념하라는 시선 때문에 일을 하고 싶어도 자신의 지적 수준에 맞는 일자리를 구할 수 없었다. 이사벨 마이어스는 바람직한 사회에선 고도로 지적인 분업 형태가 자리 잡게 되며 누구나 각자 자신이 부여받은 고유한 재능에 맞춰 공평하게 일할 수 있는 기회가 주어져야 한다고 생각했다.

각자 재능별로 업무를 맡을 때 사회의 효율성이 극대화된다고 봤고, 재능과 성격은 유형화가 가능하다고 믿었다. 이는 정신분석학자 칼 융 이론에 심취해 있던 어머니 캐서린 쿡 브릭스(1875~1968)에게서 물려받은 신념이기도 했다.

이사벨 마이어스는 작가로선 처참하게 실패한다. 차기작은 플롯이 부실하다는 이유로 혹평을 받았다. 오늘날엔 인종주의적 편견을 고스란히 노출한 점이 더 문제로 받아들여진다. 작가로서 재기가 불투명한 가운데 제2차 세계대전이 발발했다. 이사벨 마이어스는 미국의 참전이 다가올 무렵, 각자 재능(또는 성격)에 맞게 일자리를 배정해 사회의 효율성을 높이는 일이 중요하다고 주장하고 나선다. 이사벨 마이어스의 소설 속 주인공들이 각자 자신의 재능에 따라 맡은 배역에 맞춰 최적의 효율을 낼 수 있었던 것처럼.

이사벨 마이어스는 어머니와 함께 직원 업무 배치에 활용할 성격 검사 도구를 개발했다. 이 지표가 바로 마이어스-

브릭스 유형 지표(The Myers-Briggs Type Indicator)다. 우리에 겐 앞머리 글자를 따서 만든 축약어(MBTI)가 더 익숙하다.

흥미로운 점 하나. 어머니 캐서린 쿡 브릭스는 로맨스 소설을 써서 출판사에 투고했으나 출판을 거절당한 적이 있다. 즉, 마이어스-브릭스 유형 지표는 추리소설가와 로맨스 소설가의 2대에 걸친 세계관에서 출발한다.

그래서 그런가. 마이어스-브릭스 유형 지표가 의미하는 바도 소설적인 교훈과 비슷한 측면이 있다. 이사벨 마이어스의 삶처럼, 인간을 유형화하려는 시도는 때론 진보적이면서도 동시에 퇴행적이며 총체적으로 모순이라는 것.

이사벨 마이어스는 여성도 자신의 재능과 관심사에 걸맞은 일자리를 가져야 한다고 주장한 혁명가이지만, 유형론에 대한 확신은 인종주의적 관점과도 맞물린다. **MBTI** 지표는 이전의 성격 유형 지표(제1차 세계대전 시기에 군복무 부적합자를 걸러내기 위한 용도로 광범위하게 도입된다)와 달리 인간의 여러 성격은 각자 그 자체로 강점이라며 옹호하는 입장을 취한다는 점에서 진보적이지만, 인간의 성격이 불변이자 타고난 이래 고정돼 있다는 관점에서 설계돼 있다 보니, 변화하는 인간상엔 이렇다 할 설명을 해내지 못하는 한계가 분명하다.

또한 이사벨 마이어스는 이 유형 지표가 직장 업무 배정에 쓰일 수 있다고 생각했지만, 설계자의 의도와는 달리 직장에서 이를 직원들의 업무 배정과 채용에 활용하는 건 명백히 문제가 있다. 직무 지식과 업에 대한 관점 등 일 수행에 있어서 진짜 중요하고도 본질적인 요소와도 무관하므로. 또한 인간은 고정돼 있지 않으므로.

오히려 설계자가 의도하지 않은 곳에서 **MBTI**는 의미가 있다. 취향과 지역 기반 커뮤니티와 공동체 담론이 부실한 곳에서 타인과 안전하게 대화를 시작할 수 있는 화제 틀 역할이다. 자신의 행동과 관점을 의미 있게 설명하는지, 타인의 말에 경청할 줄 아는지, 적정한 선을 지켜가면서 서로 나이스한 대화를 이어갈 수 있을지를 살펴보기 위한 테스트지 역할로선 꽤 훌륭하다. 이는 모두 우리네 대화에서 훈련돼 있지 않은 지점이다.

우리는 **MBTI**를 경유하는 방식으로 모범 대화를 익히고 서로에게 더 많은 관심을 기울여도 좋은지 판별하면서 관계를 다음 스텝으로 끌고 나가도 괜찮을지를 테스트한다. 지역 중심의 또는 취향 중심의 커뮤니티에선 이러한 검증이 자연스럽게 이뤄지기 마련이지만, 낯선 곳에서 만난 사람들에겐 이런 기초 대화 템플릿이 필요할 수 있다. **MBTI**를 욕하려고 실컷 썼다가 '뭐 그럼 나쁘지 않은데?'로 돌연한 결론을 내겠다. 내 맘이다. 봐라. 이렇게 사람이 모순적이다.

정작 성격 유형 지표로는 형편없으면서 자신들의 결론

에 수렴되게 만들며 또 설득시키는 두 소설가의 세계관이라
니. 하여간 소설가들이란.

참고

- 디그(Digg), 2015년 10월 1일, 'Uncovering The Secret History Of Myers-Briggs'(By Merve Emre).
- 〈뉴욕타임스(NYT)〉, 2022년 10월 14일, 'Overlooked No More: Katharine Briggs and Isabel Myers, Creators of a Personality Test'(By Glenn Rifkin and Benedict Carey).

임현석　　2022년 《조선일보》 신춘문예에
　　　　　　단편 〈무료나눔 대화법〉을
　　　　　　발표하며 작품 활동을 시작했다.

도도의 단추

옳고 그름의 세계 바깥을 살아보고 싶다. 영지는 생각했다. 언젠가는 이런 말도 들어보았다.

"너는 1순위가 맞다, 틀리다야. 좋다, 싫다는 그다음이고."

영지는 반박하고 싶었으나 아냐, 틀렸어, 라고 생각해 버리고 말았다. 그래서 잠시 후에 맞아, 맞는 것 같아, 하고 대답했다. 그게 좋든 싫든 간에.

"원래 T 유형이 그렇대."

마치 대단한 독심술이라도 되는 것처럼, 전 애인은 어깨를 으쓱하며 말했다. 영지는 그날 밤 살면서 자신이 옳다고 생각해 온 것과 그렇지 않은 것을 헤아려보았다.

T 유형이 원래 그렇다고 하던 그는, 영지의 생일 선물로 고슴도치를 줬다. 영지에게 그것, 그러니까 살아 있는 동물을 생일 선물로 준다는 것, 게다가 받는 사람의 의사도 묻지 않고 해맑은 얼굴로 마치 자신이 엄청나게 사랑스러운 호의를 베

E

푸는 것처럼 고슴도치를 건넨다는 것은 좋거나 싫은 일이 아니라 아주 틀린 일이었다. 이놈을 어쩐담. 영지는 고슴도치에게 도도라는 이름을 붙여주고 애인과는 헤어졌다.

겨울이 되면서 도도는 점점 이상해졌다. 이상하다기보다는 뭐랄까, 뚱뚱해졌다. 추워서 그런 걸까. 추우면 활동량이 줄고 활동량이 줄어들면 살이 오를 수 있으니까, 영지는 보일러를 올렸다. 그렇지만 외풍이 심한 집에서 보일러 따위 올려봤자 온도는 17도를 맴돌았다. 제일 따뜻한 곳은 냉장고 옆. 도도의 집을 그쪽으로 옮겼다. 혹시나 해서 작은 손난로도 사서 틀어두었다.

그래도 도도의 배는 점점 커졌다.

그동안 영지는 열심히 일을 했다. 결혼중개 업체의 커플 매니저로서 혼인을 원하는 두 사람을 짝지어 주는 업무였다. 강남역 근처의 교육장에서 사흘간 교육을 받고 나면 집이나 카페나 어디서든 재택근무를 할 수 있었다. 간단했다. 남자 한 명과 여자 한 명을 짝지어서 서로에게 연락을 한다. 두 사람이 수락하도록 적극 유도하고, 마침내 매칭이 되면 회사 데이터베이스에 있는 레스토랑이나 카페 중 괜찮은 곳을 예약해 준다. 맺어준 커플이 잘돼서 결혼까지 하면 커플에게는 축의금이, 매니저에게는 성과급이 주어졌다. 워낙 작은 업체라 성과

N

급을 제한 기본급은 월 120만 원 정도로 짰지만 영지는 일단 어쩔 수 없다고 생각했다. 어차피 오래 할 일은 아니었다.

회원의 정보로는 이름과 사진, 신장과 몸무게와 혈액형, 생년월일과 출생지, 직업과 연봉, 취미와 특기 등을 비롯하여 사주, 에니어그램, MBTI도 있었다. 희망하는 배우자의 정보도 빽빽했다. 정보를 다 입력한 뒤에는 16개의 간단한 문항에 응답해야 했다. 성격이나 취향 등을 유형화하여 잘 맞을 만한 상대와 매칭하기 위한 문항이었다.

'불쌍한 사람을 보면 도와주고 싶다.'

이런 문항도 있었는데, 왼쪽에는 '전혀 그렇지 않다', 오른쪽에는 '매우 그렇다'가 있어 그 사이 어디엔가 체크를 하면 됐다. 영지는 그 문항들이 전혀 마음에 들지 않았다. 자기가 뭐라고 사람을 불쌍하다 뭐다 해? 이런 건 주관식이어야 한다고 생각했다.

'결혼 제도는 자본주의사회가 만들어낸 허상이고 해악이다.'

만약에 이런 문항이 있었다면 영지는 '매우 그렇다'에 표시할 수 있었다. 사랑의 결실, 그러니까 종착지에 결혼이 있다는 것도 이해가 되지 않았고 그것을 왜 국가가 승인해야 하는지 도통 알 수 없었다. 성별이 다른 두 사람, 2세를 출산할 수 있는 두 사람, 그러니까 인력으로서의 인구를 생산할 수 있는 부부에게만 허락되는 시민으로서의 권리가 있다. 예를 들면 신혼부부 대출이라든가, 건강보험 피부양자 자격이라든가. 사랑의 종착지라기보다는 정상성의 종착지가 바로 결혼이다. 영지는 이런 생각을 하며 회원 리스트를 훑곤 했다.

영지가 첫 번째로 매칭한 커플은 엄준식과 마혜영이었다. 엄-마. 네 번째 커플은 배주연과 추희수로 영지는 그들을 배-추 커플로 명명했다. 특이한 성씨가 있으면 가장 먼저 눈독을 들였다. 김, 이, 박이 워낙 많아 쉽지는 않았으나 최대한 재밌는 낱말을 조합해 보려고 노력했다. 소성엽과 주이연을 짝지어 소-주 커플을 만들기도 했다. 가장 마음에 들었던 건 목의연과 탁영호를 매칭하여 만든 목-탁이었다. 항상 심심했고, 언제나 놀고 싶었으나, 처지가 마땅치 않아 영지는 딱 이 정도의 즐거움만을 누렸다. 영지의 세상에서는 재미가 최선이고 최고의 가치였다.

진짜로 잘하는 게 하나 딱 있으면 좋겠다. 작년부터 영지는 그런 생각을 했다. 무엇이든 웬만큼은 잘했고, 재주가 많다는 말을 많이 들었지만 특출한 무언가는 없었다. 집에 돈이 많은 것도 아니었고 예쁘지도 않았고 키는 딱 평균, 영어는 어릴 때 반짝 잘하던 걸로 버텼다.

넌 절실함은 요만큼도 없는데 경쟁심만 많아. 점쟁이가

말했었다. 그래, 난 절실함이 없어. 영지는 연신 고개를 끄덕였다. 지는 건 죽기보다 싫었지만 그렇다고 뭘 죽도록 열심히 해본 적은 없었다. 언제나 재밌는 자극을 찾아 헤맸고, 하나에 꽂히면 미친 듯이 빠져 무엇이든 금세 일취월장했다. 하지만 질리는 것도 금방이어서, 무얼 오래 해본 적도 없었다.

그럼에도 뭐 어떻게든 잘되겠지, 하는 근거 없는 낙관이 있었다. 동기들이 동아리 활동을 하고 공모전을 준비할 때 영지는 하지 않았다. 고시를 준비하고 자기소개서를 쓸 때 영지는 하지 않았다. 나중에 해도 괜찮을 거라고 어벌쩡 넘어갔는데, 사실 그 낙관 깊숙이에는 어차피 해도 안 될 것 같다, 라는 예감이 있었다. 누군가가 자기를 떨어뜨리는 게 싫었다. 30명 중에 1등을 하는 것과 300명, 3000명 중에 1등을 하는 건 달랐다. 그래서 경기장 위로 아예 올라가지 않았다.

그래도 언젠가부터 자꾸 아래로 가라앉았다. 링 위에 올라간 적이 없는데도 영지는 계속 떨어지는 기분이 들었다. 병주의 카페 개업을 축하하러 가서 7000원짜리 아메리카노를 마실 때 그랬고, 은채의 청첩장을 받고 예식장 가격을 검색해봤을 때 그랬고, 재희가 블로그에 쓴 일기를 모아 낸 에세이집을 보내왔을 때 그랬고, 도도 건강검진 비용이 모자라 엄마한테 전화를 했을 때 그랬다. 그런 와중에 애인이 넌 참 낙천적이어서 좋아, 라고 말할 때 영지는 특히나 아래로 푹 꺼지는

(E)

것만 같았다.

"단추가 있네요."

의사는 도도의 배가 보이게 진찰대에 눕힌 뒤 네발에 반창고를 붙여 바닥에 고정했다. 그렇게 찍은 엑스레이 사진을 한참 들여다보더니 도도의 배에 무언가 들어 있고, 아마도 단추 같다고 했다.

"한두 개가 아닌데요."

도도를 병원에 데려가야겠다고 결심한 것은, 도도에게서 희한한 소리가 났기 때문이었다. 도도는 노란 쳇바퀴를 신나게 굴리고 있었는데, 그날은 바퀴 도는 소리 말고도 수상한 소리가 들렸다. 영지는 아크릴 상자에서 도도를 꺼내 두 손으로 감싸 안았다. 그리고 귀 가까이 도도를 데려와 아래위로 부드럽게 흔들었다.

달그락.

그렇게 도도를 안고 병원으로 뛰어간 것이었다.

"애기가 토해내기엔 양이 좀 많아요. 수술 날짜를 잡죠."

의사는 도도를 안쓰럽게 바라보며 다음 주 목요일이 어떻겠느냐고 했다.

도도의 배를 열어 단추들을 꺼내려면 148만 원이 필요했다. 도도는 수술을 기다리며 쳇바퀴를 신나게 타고, 밥은 평소

(N)

보다 조금 적게 먹고, 그래서 그런지 잠을 많이 잤다. 영지는 수술을 기다리며 편-지, 오-이, 서-류 등의 커플을 만들고, 판촉 아르바이트를 하나 구해 열정적으로 바나나를 팔고, 밥은 평소보다 조금 많이 먹고, 그래서 그런지 잠을 많이 잤다.

"도도야."

영지는 담요를 꽁꽁 두른 채 도도의 옆에 드러누웠다.

"단추를 대체 어디서 주워 먹었니?"

도도의 집 안에는 물론 단추가 없었다. 가끔씩 고슴도치용 하네스를 도도에게 매어주고 집 안을 돌아다니게도 했지만, 영지는 단추 있는 옷을 거의 입지 않았다. 아니면…… 도도는 날 때부터 배 속에 단추가 있었던 게 아닐까? 가시가 돋고 몸집이 커지면서 단추도 같이 커졌던 거라면? 만약에 그렇다면, 만약에……. 그런 상상을 하다가 까무룩 잠이 들고 말았다.

도-도 부부를 만들어봐야겠다.

잠에서 깬 영지는 톱밥 위에 포근하게 누워 있는 도도를 보며 생각했다. 도씨는 흔치 않았다. 여성 회원 중에는 도씨가 몇몇 보였다. 그중에 도미진이라는 사람은 어디서 많이 본 얼굴이라서 한참을 들여다보았다. 짧은 머리에 진한 아이라인, 힘이 살짝 풀린 듯하면서도 날카로운 눈빛.

희한하게 도씨 남자는 없었다. 엑소에도 도경수가 있는

데 이 많은 남자들 중에 도씨가 없다니. 도씨 여자 둘을 이어 주고 싶은 마음도 들었지만, 이 나라에서 결혼은 그런 게 아니니까. 역시나 영지에게 결혼은 틀린 일이었다.

금요일 점심에 뭐 하니.

도씨 회원을 줄 세워둔 영지의 모니터에 엄마의 메시지가 떴다.

서울로 현장학습을 간다는데 용산에서 점심 먹을까?

영지는 엄마의 메시지를 클릭했다. 어느새 또 프로필 사진이 바뀌어 있었다. 얼마 전에 연락했을 때는 백구를 끌어안고 있는 모습이었는데, 이번에는 설산 정상에서 한껏 폼을 잡은 사진이었다.

기억이 닿는 순간부터 지금까지 영지는 부모가 다정하게 대화를 한다거나 무언가를 함께하는 것을 본 적이 없었다. 둘은 그저 영지를 키우는 양육자의 의무를 다하며 데면데면 살아가다가, 어느 날 갑자기 이혼을 했다. 영지가 스물한 살 때 장학금 지원 서류로 가족관계증명서를 떼다가 알게 된 사실이었다. 어차피 중학생 때부터 따로 살았으니 크게 놀랄 일은 아니었지만, 마음 한구석이 매캐했다. 이 가족은 어떤 가족인 걸까. 좋은 점은 두 사람 사이에서 눈치 볼 일이 이제 공식적으로 없어졌다는 것, 그리고 장학금을 탈 확률도 높아졌다는 것이었다.

엄마는 원주에서, 아빠는 파주에서 원래 살던 대로 잘 살았다. 영지는 왠지 둘 다 잘 챙겨야 할 것 같은 마음이 들었다. 자취방을 구해 서울로 나온 뒤에는 엄마의 집에도 아빠의 집에도 종종 들러 밥을 먹고 하룻밤을 자거나 했다.

그러면서 알게 된 것이, 두 사람의 취향이 정말 비슷하다는 사실이었다. 엄마가 새로 스피커를 샀다며 마샬 스탠모어 II를 자랑했을 때, 영지는 아빠의 집에서 똑같은 스피커를 본 기억을 떠올렸다. 엄마 것은 흰색, 아빠 것은 검은색으로 색깔만 달랐다. 책장에 꽂힌 책들도 비슷했고 구독하는 신문도 같았으며 두 사람 다 맥북을 사용했다. 아빠가 목공을 배워 만들었다는 테이블 사진을 보내왔을 때, 엄마는 동네 목공 공방에 등록했다면서 뭘 만들까 물어왔다. 엄마가 수제 맥주에 빠져 이곳저곳의 브루어리를 돌아다닐 즈음 아빠는 홈브루잉 기계를 샀다. 둘은 너무 비슷해서 결혼 생활을 싫어하는 것조차 비슷했던 것이라고, 영지는 생각했다.

응. 몇 시에 어디?

국립중앙박물관 식당에서 1시.

엄마는 초등학교 교사 생활을 하다가 영지가 스무 살이 되자마자 퇴직했다. 세상 그 어떤 것도 달라붙지 않는 프라이 팬 코팅제를 개발했다는 친구와 함께 프라이팬 공장을 차렸 다. 그리고 금방 망했다. 영지의 집에는 아직도 프라이팬이 사 이즈별로 쌓여 있었다. 달걀 하나를 부치더라도 심하게 눌어 붙어 잘 사용하지는 않았지만. 공장이 망한 뒤에도, 엄마는 공 장이 있던 원주에서 돌아오지 않았다. 기간제나 보조 교사로 그럭저럭 벌면서 어린이들과 즐겁게 잘 사는 듯했다.

영지는 금요일 오후 1시에 엄마 점심, 이라고 일정을 등 록해 두었다. 이틀 뒤니까, 오늘내일 일을 많이 해두어야겠다 고 생각하며 회원 리스트를 새로 띄웠다.

"파혼했다고 환불을 해달라는 게 말이 되니?"

마우스를 잡은 손이 시려 헤어드라이어로 온풍을 쐬고 있을 때 선아 언니가 전화를 걸어왔다. 선아는 교육장에서 만 난 입사 동기로 영지보다 스무 살이나 많은 언니였다.

"지들이 받은 축하금이나 뱉어놓고 말하면 몰라."

영지와 달리 선아는 이 일을 오랫동안 할 생각이었고 돈 도 많이 벌고 싶어 했다. 그리고 말이 많았다. 영지는 말이 아

주 많거나 아주 없었는데, 선아와 함께 있으면 말이 아주 없어
졌다. 사흘의 교육 기간 동안 선아는 본인도 작은 결혼중개 업
체를 통해 서른여덟에 결혼을 했고 아이를 낳으면서 도저히
회사에 다닐 수 없게 되었는데, 그래도 이제 입학까지 시켰으
니 돈을 좀 벌어놔야지 싶어서 재택근무가 가능한 일을 찾아
왔다고 했다.

　"파혼은 어쩌다 했대요?"

　"아니, 신랑 측 친조부가 왜정 때 은행장이었다는 거야.
여자 쪽 부모는 독립운동가 후손이라고, 도저히 결혼을 시킬
수가 없다고 하잖아. 알 게 뭐니?"

　당연히 환불은 이루어지지 않았고, 그렇지만 팀장한테
또 한 소리를 들었고, 성과급 일부가 취소되었다고 했다. 그래
도 이번 달에 다른 두 커플이 드디어 결혼 날짜를 잡았고, 며
칠 전에는 애가 학교에서 손가락이 부러져서 왔고, 신랑은 부
서를 이동했는데 컴퓨터를 제대로 다루지 못해서 잘릴 둥 말
둥 하다고, 그런 이야기들을 선아는 쏟아냈다. 그러고선 자기
는 별일 없지? 하고 묻길래 영지는 도도가 아파요, 하고 대답
했다.

　"도도가 누군데?"

　"제 고슴도치요."

　"아이고, 자기 새끼 아픈 게 제일 속상해."

영지는 조금 따뜻해진 손으로 턱을 괴고 앉았다. 냉장고 옆에서 도도가 잠을 자고 있었다. 일정한 박자에 맞추어 도도의 몸이 부풀어 올랐다가 가라앉기를 반복했다. 잠시간의 평화로운 침묵은 선아의 긴 한숨 소리로 깨졌다.

"그런데 자기 있잖아."

"네, 언니."

"엄마가 강원도에서 선생님 하신댔지?"

"그게 정확히는……."

"혹시 우리 애 그쪽으로 전학 좀 보낼 수 있을까?"

"어……."

"사실 지금 여기도 두 번째 학곤데, 이 동네에서는 더 알아보기가 어려워서."

영지는 교육장에서의 선아를 떠올렸다. 하루에도 두어 번씩 전화가 울렸고 그때마다 선아는 후다닥 뛰어나가 허리를 깊숙이 숙인 채 전화를 받았다. 네, 선생님, 네……. 전화를 받으러 나가는 뒷모습을 물끄러미 바라보던 영지의 시선을 알아챘는지 선아는 머쓱하게 웃으며 말했다. 아이가 적응을 힘들어해서. 전화가 자꾸 오네.

"시골은 애들 수도 적고 하니까. 한번 물어봐 줄래?"

"애를 그냥 그렇게 쫓아내면 어떡한대요."

"학부모들 항의가 심하대. 애들은 많이 도와주는데, 여하

92

튼 그래."

영지는 일단 물어보긴 하겠다고 대답을 했다. 전화를 끊은 뒤엔 왠지 화가 나서 발라당 누워버렸다.

금요일은 목요일보다 다소 따스해 현장학습을 할 수 있는 마지막 겨울날인 듯했다. 국립중앙박물관은 빌딩들이 치솟은 용산의 모습과는 사뭇 달랐다. 약간 무서운 마음이 들 정도로 넓고 거대한 인공 연못이 있었고, 그 윗길을 따라 올라가니 박물관 건물이 나왔다. 항공기지가 이렇게 생기지 않았을까. 양옆으로 반듯하게 쭉 뻗은 박물관은 서울에서 손꼽히게 비싼 땅 위에 위엄 있는 모습으로 앉아 있었다. 왼쪽에는 어린이박물관, 오른쪽에는 본관, 그 사이로는 멀리 남산과 서울타워가 보였다. 원복을 맞춰 입은 꼬마들부터 초등학교 고학년쯤 되어 보이는 학생들까지, 다들 기다란 네모 모양으로 줄을 맞춰 움직이는 가운데 영지는 우뚝 남겨진 이방인 같은 기분이 들었다.

영지는 무사히 푸드 코트 앞에 도착해서 오랜만에 딥 퍼플의 노래를 찾아 재생했다. 강렬한 베이스가 흘러나오는 순간 절로 고개가 까딱였다. 초등학생 때 자주 듣던 노래라 문득 생각이 났다. 돌이켜 보면 어릴 때부터 아이돌을 좋아해 본 적이 없는 듯했다. 친구들이 팬클럽 활동을 할 때나 콘서트를 갈 때, 영지는 MP3에 펑크록의 계보를 채워 넣었다.

노래가 끝나갈 때쯤, 영지야! 하고 부르는 소리가 들렸다. 열 살, 열한 살쯤 되는 학생들 무리 안에서 엄마가 손을 흔들었다. 영지는 이어폰을 빼고 눈을 치켜떴다. 왜 아직 학생들이랑 있느냐는, 그런데 나를 왜 부른 거냐는 뜻이기도 했다. 엄마는 그 표정을 알아차리고 오히려 더 태연하게 말했다.

"오전에 서대문형무소 갔다가 오후 프로그램은 여기서 시작."

"그럼 나를 왜 불렀어?"

"그런 옷은 어디서 사니?"

영지가 한 소리를 할 때면 엄마는 꼭 능청을 떨었다. 영지의 보라색 빈티지 코트가 살랑거렸다.

스물세 명의 초등학교 4학년 학생들과 교사 네 명, 총 스물일곱 명의 불고기덮밥이 알맞게 예약되어 있었다. 영지는 8500원을 내고 육개장을 따로 주문했다. 괜히 왔어. 처음 보는 아이들과 선생님들 사이에서, 혼자만 다른 메뉴를 떠먹으면서 영지는 생각했다. 서너 달 만에 만나는 엄마와 이런 식으로 식사를 하게 될 줄은 몰랐다.

아이들은 밥을 훌훌 털어 넘긴 뒤 영지의 주위를 돌며 쌤, 이 쌤은 누구예요? 지은 쌤 친구예요? 쌤, 휴지 주세요, 쌤, 이은찬이 밥 다 남겼어요, 하고 재잘댔다. 영지는 눈치껏 육개장을 절반쯤 남겼다. 담임으로 보이는 교사가 아이들에게 화장실 갈 사람은 저기 오른쪽으로 갔다가 식당 앞으로 와, 2시까지 모여라, 하고 말했고 아이들은 조르르 빠져나갔다. 영지는 엄마를 따라 퇴식구에 쟁반을 밀어 넣었다.

"그 일은 계속해?"

"현장학습 중에 딸을 부르면 어떡해."

"고슴도치는 잘 있고?"

"요즘 엄마들 알면 난리 나."

대화답지 않은 대화가 짧게 오가다 끊어졌다. 영지는 엄마가 가져다준 커피를 호호 불었다. 엄마도 커피를 호호 불고선 그래도 넌 서울 사니까, 금방 올 수 있으니까, 얼굴이라도 보면 좋으니까, 하고 말했다.

"엄만 다음 주에 수술해."

영지는 얼굴을 잔뜩 찌푸렸다. 무슨 수술. 엄마는 건강했다. 또래에 비해서도 건강했고 영지보다도 건강했다. 수술이라고 해봤자 사랑니 발치 말고는 한 적도 없었다. 그래서인지 지독하리만치 병원을 안 갔다. 공공 의료를 약화시키는 주범이라며 실비보험 하나 들지 않은 사람이었다. 아빠 역시 그랬다.

"별건 아니고."

엄마는 말을 하는 대신 핸드폰을 꺼내 자궁근종을 검색했다. 폐경기 자궁근종 A부터 Z까지, 라는 제목의 포스팅을

E

클릭해서 한참을 내려가더니, 여기, 이거 봐, 35세 이상 여성의 절반 가까이가 있는 거라잖아, 하고 영지의 눈앞에 들이밀었다. 자궁의 근육층에 호두 같은 것들이 자라나는 그림도 보였다. 양성 종양이라는 단어에서 눈이 멈췄다.

"종양은 종양인데, 암 같은 건 아니고 그냥 혹."

엄마는 영지의 시선을 눈치챈 듯 핸드폰을 내리고 말했다. 영지는 자기 핸드폰을 꺼내 자궁근종 수술을 다시 검색했다. 많이들 하는 듯했고, 개복하지 않는 레이저 수술도 있는 것 같았다. 분홍색 입원복을 입고 찍은 사진과 함께 각종 이모티콘을 써가며 수술 후기를 올린 사람의 블로그를 보니 안심도 되면서 속이 끓었다.

"며칠 몇 시, 어느 병원인지 알려줘."

끓는 속을 꾹꾹 누르며, 영지가 말했다. 아이들이 바지춤에 손을 닦으며 하나둘 화장실에서 돌아오고 있었다. 엄마는 병원의 예약 메시지를 복사해서 보내주겠다고 했다. 뜨거웠던 커피가 어느새 미적지근하게 식어버렸다. 영지는 콜라를 들이켜듯 커피를 벌컥벌컥 털어 넣었다.

"그런데 이런 걸 왜 꼭 이런 식으로 얘기해? 그리고 내가 말했지. 건강검진 제때 받으라고. 이상한 효소 같은 것 좀 먹지 말고, 병원을 가라고 했잖아. 병원을."

어느덧 아이들이 다 모여들었다. 영지는 애꿎은 종이컵

N

을 잡아 뜯었다.

"넌 하여간 한마디를 안 져. 꼭 그렇게 엄마를 혼내야 직
성이 풀리니?"

영지는 말로는 절대 지지 않았다. 몸으로는 싸워본 적이
없어서 몸싸움은 어떨지 모르겠지만, 말싸움은 꼭 이겼다. 아
니, 싸움으로 생각하지도 않았다. 그냥 맞는 말을 하는 것일
뿐, 그리고 네가 틀린 말을 하는 것일 뿐. 상대가 친구든 엄마
든 애인이든 선생님이든 그랬다.

"그리고 옷 좀 점잖게 입어라."

엄마는 영지의 컵을 자기 컵 위에 포개 넣고서, 아이들을
챙겨 무리 안으로 들어갔다.

영지는 푸드 코트 앞에서 한참을 앉아 있다가 복도가 한
산해질 때쯤 일어났다. 너무했나. 아프진 않은지 물어볼 수도
있었는데. 그런 생각이 들어 무작정 걸었다. 엄마가 현장학습
중간에 불러내지만 않았어도, 그렇게 정신없는 데서 눈치 보
면서 있지만 않았어도 이런 식으로 반응하진 않았을 거다. 그
런 생각을 하며 영지는 본관 로비를 지나 선사시대 전시실로
들어갔다.

종종거리던 걸음이 적당히 어두운 조도에 차분해졌다.
영지는 구석기부터 삼한까지의 역사를 10분 만에 훑고 신라

전시실로 들어섰다. 금빛으로 빛나는 거대한 왕관을 보면서 이런 걸 쓰고 다니려면 척추가 튼튼해야겠다는 생각을 했고, 무덤에 묻힐 때 사용하는 장신구들을 지나며 정성껏 꾸며놨는데 다 빼앗겨 버린 무덤 주인이 불쌍하다는 생각도 했다. 그리고 손가락 하나 크기 정도 되는 토우들을 발견하고 한참을 구경했다. 이목구비도 제대로 없이 대강 만든 모양새가 귀여웠다. 팔다리를 대자로 벌리고 있는 사람, 말을 탄 사람, 동그란 거북이…… 보다 보니 고슴도치처럼 생긴 놈도 있었다. 신라시대 때도 고슴도치가 있었나? 야생 고슴도치는 어떻게 생겼지?

그런 생각을 하다가 옆에서 같이 토우를 보고 있는 아이를 발견했다. 손가락에 파란 붕대를 감고 있는, 초등학교 1, 2학년쯤 되어 보이는 남자아이였다. 아이는 전시장 유리에 일일이 손바닥을 대며 자국을 남기더니 우다다 달리기 시작했다.

순간, 귀를 찢을 듯한 경보 알람이 울렸다. 엇, 하고 돌아보는 순간 전시실 철문이 내려왔다. 그리고 전시실 가운데, 손가락에 붕대를 감은 아이가 왕관을 쓴 채 눈을 끔벅거렸다.

철문을 두드리는 소리에 영지와 아이는 같은 곳을 돌아보았다. 저기요! 지금 도난 센서가 작동해서 셔터가 내려간 거거든요! 철문 밖에서 누군가 소리치고 있었다. 이게 무슨 일이람. 영지와 아이는 눈을 마주쳤다. 그런데 이게 다시 올라가지를 않네요! 시설 팀에서 오고 있으니 잠시만 기다려주시고요! 아이 머리에서 왕관 안 떨어지게 좀 잘해주세요!

영지가 아이에게 다가갔다.

"어…… 몇 학년이니?"

아이는 대답 없이 뒷걸음질을 쳤다. 왕관이 휘청했다. 영지는 걸음을 멈추고 아이를 진정시켰다.

"그거, 망가지면 진짜, 완전 큰일 나."

아이는 왕관을 벗으려는 듯 두 손을 위로 뻗었다. 붕대 때문에 손가락은 정교하게 움직이지 못했고, 왕관이 다시 한 번 휘청거렸다. 왕관이 흔들릴 때마다 옥 장식이 서로 부딪쳐 찰랑찰랑 소리가 났다. 영지는 잽싸게 달려가 조심스럽게 왕관을 감싸 잡고 아이의 머리에서 벗겨주었다.

"이거 어떻게 뺐니?"

아이는 잠시 고민하다가 왕관이 있던 자리를 향해 달려갔다. 유리창 옆에 작은 문이 있었다. 잠가두지 않았던 건지 아이가 조금 힘주어 밀자 스르르 열렸다. 아이는 그 안으로 들어가더니 잠시 뒤에 전시품이 된 양 유리창 안에서 나타났다.

"여기 어떤 아줌마가 왕관을 쓰고 있었어요!"

아이가 소리쳤다.

"너무 무겁다고 그래서 내가 빼준 거예요!"

영지는 유리창 안에서 소리치는 아이를 물끄러미 바라보았다. 선아 언니 애도 손가락이 부러졌다고 했는데. 그러고 보니 엄마에게 전학 얘기 물어보는 것을 깜빡했다.

"아줌마가 고맙다고 이것도 줬어요!"

아이가 주머니에서 무언가를 꺼냈다. 주먹을 펼치니 작은 손바닥 위에 금단추 몇 개가 반짝였다. 마침 철문이 다시 올라가고 있었다.

도도의 건강검진 때문에 엄마한테 돈을 빌린 날이었던 것 같다. 그날 영지는 회사의 산출 방식으로 스스로를 계산해 보았다. 나이는 B등급, 학력도 B등급, 소득은 E등급이었고 가정환경은 D등급이었다. 그때부터 영지는 자기소개서를 쓰기 시작했다. 작더라도 사무실이 있는 서울 소재 회사에 출퇴근을 하며 3.3퍼센트를 떼지 않고 4대 보험에 가입할 수 있는 일자리를 찾아보기로 결심했다. 생각보다 자리는 꽤 많았고, 일은 별로 재미없어 보였지만, 커플매니저 일도 하는데 뭘 못 하겠냐 싶었고, 영지는 월 200만 원으로 살 수 있는 삶을 헤아리며 각 문항에 400, 500자 내외의 답변을 채워 넣었다.

지원서를 11개 넣었을 때 처음으로 연락을 받았다. IPTV에 영화를 배급하는 작은 회사였다. 영지는 면접을 보러 가기 전에 회사의 홈페이지를 다시 한번 훑었다. 듣도 보도 못한 제목의 영화들이 떴다. 주로 식상한 제목의 성인물이었다. 사무실은 을지로 골목 어딘가에 있었다. 남자 직원 네다섯 명이 무표정하게 앉아 모니터를 들여다보다가 영지를 흘긋거렸다. 사장이라는 사람이 영지에게 업무를 설명해 주었다. 주로 성인영화들이 올라오는 온라인 마켓에서 프리뷰를 보고 적당한 가격에 판권을 따오는 것으로, 간단한 비즈니스 영어만 할 수 있으면 됐다. 사장은 영지에게 성인물이 많은데 괜찮겠냐고 물었다. 영지가 네, 하고 대답하자 사장이 싱긋 웃으며 말했다. 요즘 젊은 여자들 같지 않아서 좋네요.

연락이 오면 거절하리라 생각했다. 요즘 젊은 여자들을 뭐라고 생각하시는 거죠? 어떻게 조목조목 따져가며 거절을 할까 상상했다. 연락은 오지 않았고 영지는 자기소개서 쓰기를 중단했다.

안전하고 건강한 미래는, 보다 일찍 부지런하게 준비를 해온 사람에게 돌아간다. 거절할 수 있는 기회 역시 그렇다. 예전엔 그렇지 않았던 것 같은데, 언젠가부터는 일정한 자격 없이는 화를 낼 기회조차 주어지지 않았다. 그따위 자격이 필요한 세상 자체를 부숴버리고 싶은 충동이 이따금씩 끓어올랐으나 영지는 손도 시리고 너무 피곤하기도 해서 자꾸만 누워버렸다.

영지는 진이 빠진 채 집으로 돌아왔다. 박물관 직원들은

(E)

영지의 손에 들린 왕관을 가져가 제자리에 안전하게 넣었고, 아이의 담임으로 보이는 여자는 연신 고개를 조아렸다. 한바탕 난리에 사람들이 모여들어 웅성거렸다. 영지는 눈치를 조금 보다가 도망치듯 박물관을 빠져나왔다. 그래도 어쨌든 오랜만에 재밌는 일이 일어난 것은 분명했다. 영지는 핸드폰을 꺼내 선아 언니에게 문자를 보냈다.

언니. 저희 엄마한테 부탁하긴 어려울 것 같아요.

그리고 잠시 핸드폰을 만지작거리다가 엄마에게도 문자 한 통을 전송했다.

엄마 근데 아프진 않지?

너무…… 딱딱한가 싶어 하나를 더 보냈다.

잘 들어갔어?

걱정이 안 되는 건 아니었다. 이상하게 걱정이 되면 미안해졌고 미안해지면 화가 났기 때문에 영지는 자꾸 상처 주는 말을 했다.

(N)

핸드폰을 내려두고 사료 통에서 도도의 저녁 식사를 덜어냈다. 생각보다 귀가가 늦어지는 바람에 배가 많이 고플 터였다.

"도도야, 밥."

도도는 기운이 없는지 밥 소리에도 은신처에서 나오지 않았다. 영지는 은신처를 들어내 도도를 살포시 밀어보았다. 도도야, 밥. 도도는 영지의 손가락에 맥없이 뒤집혔다.

영지는 병원 문이 막 닫힐 무렵 간신히 도착했다. 도도를 품에 안은 채 숨을 몰아쉬며 저, 고슴도치, 잠깐만, 봐주세요, 라고 말을 뱉었다. 카운터에서 마감 업무를 하던 단발머리의 직원이 급하게 원장님, 하고 불렀고 원장은 입고 있던 외투를 도로 벗어두고 진료실 문을 열었다.

"애가 움직이질 않아요, 숨은 쉬는데."

원장은 도도의 차트를 검색한 뒤 그때 단추 먹은 애죠, 엑스레이를 다시 찍어볼게요, 하고선 도도를 받아 들었다.

"단추를 다 뱉어냈나 봐요."

엑스레이 사진을 가지고 나온 원장이 말했다. 여기, 하나만 남았어요. 영지는 고개를 쭉 빼고 사진을 들여다보았다. 정말로 단추가 다 없어지고 하나만 남았다.

"하트 모양이네요."

E

원장이 짐짓 심각한 얼굴로 말했다. 정말로 하트 모양이었다. 하지만 뱉은 단추들은 어디로 갔을까? 도도의 집에는 분명 아무런 흔적도 없었다.

"다른 이상은 없어요. 애기가 이걸 다 토해내느라 힘들었던 것 같아요. 이거 봐요, 이제 잘 움직이죠?"

어리둥절한 얼굴의 도도가 진료실 책상 위를 돌아다녔다. 영지는 감사합니다, 하고 도도를 손바닥 위로 올렸다.

도도는 영양제를 처방받았고 영지는 9만 8000원을 결제했다. 단발머리 직원은 종이봉투에 영양제를 담으면서 저희 집 애는 레미예요, 라고 말을 걸어왔다. 영지는 고개를 들어 직원을 보았다. 짧은 머리에 진한 아이라인, 힘이 풀린 듯하면서도 날카로운 눈빛. 명찰에는 도미진이라고 적혀 있었다.

"레미는 예전에 탈장 수술을 한 적이 있어요."

"레미도 고슴도치인가요?"

"네. 수술을 하면서 배 속에서 호두를 발견한 거예요."

"호두요?"

"호두. 사람이든 고슴도치든, 속에 뭐가 들었는지 모른다니까요."

도미진은 봉투를 건네며 싱긋 웃었다. 영지는 문득 이 사람은 도씨 남자에게 너무 아까운 미소를 가지고 있다는 생각이 들었다. 도도랑 레미가 만나면 도레미겠네요, 하고 영지가

N

말했다. 언제 한번 산책이라도 같이 시켜요, 하고 도미진이 대답했다. 영지는 고개를 꾸벅, 숙이고 병원을 나와 핸드폰을 확인했다.

괜찮아. 안 아파.

엄마가 답문을 보내왔다.

괜찮아. 어제오늘은 말 잘 들었대.

선아 언니도 답문을 보내왔다.
영지는 도도를 두 손으로 조심스레 감싸 안고 위아래로 흔들어보았다. 달그락 소리는 더 이상 나지 않았고 도도의 배는 부드러웠다.

소설 속 영지는 다소 내향적인 **ENTP**이다. 나 역시 그렇다. 혹자는 E 중에 가장 내향적인 유형이 **ENTP**이라고도 한다. 영지와 나의 공통점은 부조리를 싫어한다는 것인데, 지적인 부조리보다는 윤리적인 부조리에 가깝다. 여러 가지를 어중간하게 곧잘 하지만 특출 난 하나는 없는 것, 말로는 지려고 하지 않는 것, 변덕이 심해서 절실함이 부족한 것 등도 비슷하다.

결혼에 대해서도 마찬가지인 것 같다. 물론 이건 **ENTP**적인 특성은 아니다. 국가로부터의 승인, 그러니까 일종의 자격을 얻어야만 부부가 될 수 있다는 게 싫었고, 정상가족 이데올로기를 깨부수려면 결혼을 거부해야 한다고 생각했다. (뭔가를 싫어할 때 이렇게 다소 급진적인 방식으로 생각하는 건 **ENTP**적 특성일 수도 있겠다.)

지금은 결혼 자체가 나쁘다고 생각하지 않는다. 불평등한 혼인 제도가 나쁘다. 서로의 인생에서 안전한 동반자가 될 수 있는 권리는 누구에게나 있으며 이를 실현할 수 있어야 한다. 배우자를 사랑해서든, 혼자 살기 불안해서든, 연애든, 중매든 결혼할 수 있다. 동성 커플 역시 법적 부부가 될지 말지 스스로 선택할 수 있어야 한다. 우리는 우리 모두가 시민이길 바란다.

사실 (언제나) 이 얘길 하고 싶었다.
사랑과 우정이 이긴다. **ENTP**으로서 보장하는 바이다.

서고운   2022년 문학동네신인상에
단편 〈숨은 그림 찾기〉가
당선되며 작품 활동을 시작했다.

그때는 그때 가서

정우의 집을 나오면서, 나는 '머릿속이 꽃밭'이라는 말을 곱씹고 있었다.

그건 언젠가 정우가 내게 한 말이었는데 사실 나를 두고 그렇게 말한 사람이 정우 한 사람만은 아니었고 적어도 그 말을 한 순간에는 우리 둘 다 웃으며 무언가에 대해 얘기하던 뒤끝이었으므로 기분 나쁜 기억으로 남아 있지는 않았다. 하지만 이제 와서 생각하니 그때 정우의 표정이 썩 즐거운 사람의 그것만은 아니었던 것도 같았다. 그렇다면 그게 시작이었나.

집 비웠어, 잘 지내.

마지막으로 남긴 문자에 정우는 답장하지 않았다. 나는 나대로 짐을 정리하고 나르느라 바빴으므로 휴대폰에 정신을 팔고 있을 틈이 없었지만, 막상 1톤 트럭 조수석에 앉아 화물칸에 반도 차지 않은 짐을 싣고 새집으로 가는 도중에는 그 묵묵부답을 생각하지 않을 수 없었다. 숫자 1이 사라진 채 고요한 채팅방, 앞으로 다시는 어떤 대화도 오가지 않을 공간. 이

곳이 이렇게 된 것은 내 머릿속이 꽃밭이기 때문이다. 나는 트럭 앞 좌석 어딘가에서 풍기는 먼지 냄새를 맡으며 그 사실을 가만히 생각했다. 쌀이든 고구마든 되는대로 최선을 다해 작물을 심고 그 수확으로 겨울을 나야 하는 중요한 땅에 나는 고작 꽃씨를 뿌렸다. 남들이 잡초를 뽑고 약을 치며 땀 흘려 일하는 때에 꽃을 보며 그저 놀았다. 그러니 애인이 떠나는 것도 당연하다. 어쩔 수 없는 일이다.

그런데 그 꽃은 무슨 꽃일까. 밭 가득 심었다면 작은 꽃은 아닐 것이고 음, 코스모스나 작약, 아니면 해바라기도 좋겠지. 샛노란 해바라기로 가득한 밭은 상상만으로도 아름답고 싱그러웠다. 그렇다면 그런 것 하나쯤 머릿속에 둔다고 해서 크게 문제가 될까, 이 삭막하고 고통으로 가득한 세상에서. 게다가 해바라기라면 씨앗을 수확해서 먹을 수도 있지 않을까. 적어도 햄스터들은 좋아할 것이다. 볼에 씨앗을 가득 문 행복한 햄스터를 떠올리자 조금 기분이 좋아졌지만 한편으론 이 와중에 이런 생각을 하다니 이거야말로 머릿속이 꽃밭이라는 증거일지도 모른다는, 이러니 과연 정우가 질려할 만도 하다는 생각도 들었다. 이제 와서 깨달아봐야 어쩔 수 없는 일이지만. 나는 차창 밖을 바라보며 한숨을 푹 내쉬었다.

얼마 안 되는 짐이긴 해도 혼자 정리하려니 하루가 꼬

박 걸렸다. 완전히 녹초가 되었고 배 속도 텅 비었지만 어쩐지 아무것도 먹고 싶지 않아 그대로 누운 참이었다. 아무래도 잠이 오지 않았다. 이사는 이사고 일은 일이므로 내일은 평소대로 새벽 4시에 일어나 출근을 해야 한다는 걸 알고 있었지만 그래도, 그래도. 나는 낯설고 딱딱한 침대 위에서 뒤척거리며 어쩔 수 없이 정우를 생각했다. 정우는 지금 뭘 하고 있을까. 밥은 먹었을까. 아마 지금쯤이면 정우도 누워서 잠을 청하고 있겠지. 지난 3년간 함께 누워 잠들었던 바로 그 침대에서. 무슨 생각을 하고 있을까. 슬퍼할까, 시원해할까. 정우도 내가 떠났다는 사실을, 우리의 삶이 이제는 분리되었고 앞으로 다시는 만날 수 없다는 사실을 마음 깊이 느끼고 있을까. 아마 아닐 것이다. 잡생각이며 감정에 쉽게 휩쓸리는 나와 달리 정우는 좀 냉혈한 같은 구석이 있는 사람이었으므로. 지금 정우는 아마 아무 생각도 하지 않고 그저 누워 있을 것이 틀림없다. 아침 8시까지는 틀림없이 지하철 2호선에 앉아 있어야 하니까. 잠을 설치면 내일 회사에서 하루 종일 꾸벅꾸벅 졸 테고 그러면 그 대단하신 업무에 차질이 생기니까. 슬픔도 아쉬움도 없이, 다만 잠들려고 애쓰고 있을 것이고 실제로 곧 잠들 것이다. 나처럼 이렇게 어둠 속에 누워 뒤척거리며 헤어진 옛 애인을 추억하는 일 따윈 하지 않을 것이다. 우리는 정말로 너무나 다른 사람이었으니까. 특히 헤어지기 직전의 마지막 몇 달 동안은 그야말로 피 터지는 싸움이 잦았다. 물론 사소한 발단이야 있었지만 근본적인 원인은 매번 같았다. 우리가 서로 다른 인간이기 때문에. 끝내 서로의 생각을 이해할 수 없었기 때문에.

하지만 우리가 서로 사랑했던 이유도 사실 그 때문이었는걸.

이상하게도 거기까지 생각하고 나서야 우리가 헤어졌다는 사실이 실감이 났고 동시에 기다렸다는 듯 눈물이 왈칵 쏟아졌다. 나는 베개에 뒤통수를 꾹꾹 누르며 소리 죽여 울었다. 미적지근한 눈물이 누운 볼을 타고 흘러내려 베개 속으로 쏙쏙 스며들었다.

4시 반을 알리는 알람 소리에 화들짝 놀라 깨어났다. 언제 어떻게 잠들었는지 기억나지 않았고 다만 눈꺼풀이 아직도 축축하다는 것만 알 수 있었다. 이불깃을 끌어당겨 눈을 닦아내고 나서도 오랫동안 그대로 누워 있다가 알람이 다시 한번 울리고 나서야 벌떡 일어났다. 이러나저러나 출근을 해야 했으니까. 낯선 화장실에 서서 부은 얼굴을 씻었고 아무리 오래 보아도 내 것이란 느낌은 들지 않을 것처럼 생긴 옷장에서 옷을 꺼내 입었다. 바지를 다리에 꿰며 생각했다. 어쩌면 이 모든 게 직장 때문일지도 모른다고. 마지막 싸움, 그러니까 헤어짐을 결심하게 만든 그 사건의 발단은 어쨌든 직장 때문이었으니까. 그러니까 아쿠아리움 말이다.

물론 이렇게 말하면 정우는 정색한 얼굴로 단호하게 말을 잘랐겠지, 너는 아쿠아리움에서 일하는 게 아니라고. 정우가 옳을지도 모른다. 나는 그곳에서 매일 새벽 5시부터 8시까지 청소를 하고 있을 뿐이다. 아쿠아리움과 계약되어 있는 청소 업체에 고용된, 말하자면 아르바이트생인 셈이다. 정규직도 아니고 4대 보험도 안 되고 경력도 인정받지 못하는 데다, 주된 업무란 쓰레기를 나르고 얼룩을 닦고 휴지통을 비우는 일. 그중 무엇도 정우의 기준에는 맞지 않았다. 정우는 이것을 나의 직업이라고 인정하지 않았다. 더 번듯하고 제대로 된 직장을 구하기 전에 잠깐 하는 용돈 벌이쯤으로 여겼다.

영 근거 없는 생각은 아니었다. 그 전에는 나 역시 정우처럼 회사원이었다. 엄청나게 좋은 대학은 아니지만 누구나 이름은 들어본 그런 대학에서 산업디자인을 전공했고 여러 회사의 디자인 팀에서 일했다. 한곳에 오래 앉아 있으면 엉덩이가 근지러워지는 못된 습관 때문에 오래 일한 곳은 없었지만. 정우와 연애한 3년 동안 이직을 세 번 했지만 배운 게 도둑질이라 일은 매번 비슷했다. 그러다가 문득, 그만 딱 지겨워지고 만 것이었다. 마지막으로 다니던 회사를 그만둔 뒤엔 아무것도 하지 않고 꽤 오래 쉬었다. 집에만 있자니 심심하고 모아둔 돈도 떨어져 가던 참에 이 일을 발견했다. 아쿠아리움 청소. 시작하기 전엔 이렇게 오래 할 줄은 몰랐던 일이 막상 해보니 재미있고 적성에 맞았다. 그때부터 시작된 것이었다, 정우와의 삐걱거림은.

그 모든 과정을 곱씹어 생각하니 이번에는 왈칵 화가 났다. 속물적인 새끼. 나는 감지 않은 머리를 대충 하나로 묶은 뒤 모자를 눌러쓰며 속으로 중얼거렸다. 사람의 마음이며 기분은 전혀 생각하지 않고 오로지 돈, 현실, 뭐 그딴 것들만 우물우물 씹고 있는 꼴이란. 평생 그렇게 살라지, 직업 좋고 돈 잘 버는 여자 만나서 행복하라지 뭐. 정우의 기준에 따르면 '보편적이고 평범한' 삶을 사는 사람들은 모두 아직 자고 있을 시간이었지만, 나는 괜히 현관문을 쾅 소리 나게 닫았다. 띠리링, 하고 뒤이어 울리는 도어록 소리가 유난히 크게 들렸다. 당연하게도 정우와 살던 집의 도어록 소리와는 완전히 다른 소리였고 그래서 낯설고 어색했지만 앞으로는 이게 우리 집 문이 잠기는 소리로구나, 이 소리에 익숙해져야 하겠구나. 나는 주먹을 꼭 쥐고 뛰듯이 계단을 내려갔다. 10분 뒤면 지하철역 앞으로 통근 버스가 도착할 것이다.

아쿠아리움에서 일하면서 가장 좋은 건 해파리를 오랫동안 볼 수 있다는 점이다. 관람객이 아무도 없는 시간에, 가까이 찰싹 달라붙어 내키는 만큼.

일 자체는 어렵지 않지만 어렵지 않게 하려면 숙련된 노하우가 필요하다. 예를 들면 눌어붙은 음식물 자국은 주저앉아 문지르고 있을 게 아니라 클리너를 뿌려둔 뒤 돌아오는 길에 닦아내면 훨씬 쉽다는 점이나, 유리에 붙은 스티커나 오물은 물티슈를 둘둘 감은 헤라로 상처 없이 떼어낼 수 있다는 팁 같은 것. 하지만 뭐니 뭐니 해도 가장 중요한 것은 손발이 착착 맞는 파트너일 것이다. 보통 두 사람이 한 조가 되어 배정받은 구역을 청소했는데, 아쿠아리움은 무진장 넓었고 관람객들이 들이닥치기 전에 빠르게 청소를 끝내야 했으므로 최대한 효율적으로 일해야 했다. 자칫 어리바리한 사람과 짝이 되면 해파리 구경은커녕 시간 안에 맡은 구역을 못 끝낼 수도 있다.

그러므로 이곳에서 일을 오래 한 사람들은 저마다 손발이 맞는 파트너를 점찍어 두고 있는데 내 경우에는 그게 김선자 씨였다.

올해 육십하고도 다섯 살이 된 김선자 씨는 땅딸막한 몸집에 기묘하게 어울리는 진보라색 파마를 한 여성이었다. 겨우 자기 나이의 절반쯤밖에 살지 않은 나에게도 꼬박꼬박 존댓말을 써주는 교양 있는 사람인 데다 청소에 관해서라면 모르는 게 없었다. 말하자면 베스트 파트너랄까. 그런데 의외로

이유리

그런 김선자 씨와 짝이 되고 싶어 하는 사람은 많지 않았다. 그건 아마도 김선자 씨가 갖고 있는 특이한 버릇 때문이겠지만.

　오늘도 나는 출근하자마자 멀찍이 선 김선자 씨와 눈인사를 주고받았고 유니폼을 갈아입은 뒤엔 일렬로 주차된 노란 전동 청소 카트를 한 대 골라잡았다. 열대해양 생물관 입구부터 시작해 해파리 수족관까지가 우리 둘이 전담하는 구역이었다. 카트를 가운데 두고 나는 왼쪽, 김선자 씨는 오른쪽을 맡아 나아가며 보이는 것들을 닦아나갔다. 내 머릿속에는 해파리 생각밖에 없었고 김선자 씨도 아마 비슷한 생각을 하고 있겠지, 그러나 우리 둘의 눈과 손은 잽싸고 날렵하게 움직였다. 위에서부터 시작하는 것이 청소의 기본, 유리에 윈덱스를 뿌려 스퀴지로 쓸어 내리고 각종 조형물과 패널은 빠르게 먼지를 털어낸다. 바닥으로 떨어진 구정물과 먼지는 전동 카트가 한꺼번에 빨아들이고 남은 것은 돌아오는 길에 마저 처리한다. 대강대강 하는 것 같지만 동작 하나하나에 노하우가 담겨 있다. 아무나 금세 따라 하지 못한다. 만약 정우에게 시킨다면 어떨까. 그따위 것은 누구나 시키면 할 수 있는 일 아니냐고, 비싼 돈 주고 대학 나와서 왜 그런 일을 하느냐고 했던 정우라면 분명 어영부영 얼레벌레 허둥지둥하다 수조 하나 윤기 나게 닦지 못하고 끝날 것이다. 매니저에게 되레 한 소리 듣고 괜히 헛기침이나 하겠지, 머쓱할 때면 늘 그랬듯이. 정우가 짓곤 하던 표정과 몸짓을 생각하자 어쩔 수 없이 마음은 도로 축 처지고 말았고 그럴수록 손에 힘을 빡빡 줘가며 걸레를 문지르고 스퀴지를 밀다 보니 어느새 해파리 수족관이었다. 그제야 돌아보니 이마에 송골송골 땀이 맺힌 김선자 씨가 저만치 뒤에 따라오고 있었다.

"천천히 오세요. 저 먼저 가 있을게요."

김선자 씨에게 전해두곤, 쥐고 있던 걸레를 전동 카트에 던져 넣었다. 불이 꺼진 수조 앞으로 다가가 납작 엎드렸다. 전등 스위치, 요게 어디 숨겨져 있는지 아는 사람은 안단 말이지. 밑으로 손을 집어넣어 더듬자 톡 튀어나온 스위치가 손에 걸렸고 꾹 누르자 수조 안에 새파란 불이 켜졌다. 순식간에 사방이 화악 밝아졌다. 그리고 그 빛 속에서 부드럽게 유영하는 희고 둥근 해파리, 해파리들. 나는 몇 발자국 물러난 곳에 아무렇게나 주저앉아 몸을 기댔다. 수조 전체가 한눈에 들어왔다.

가로 5미터에 높이 2미터짜리 대형 수족관에 보름달물해파리가 가득 찬 해파리 수족관은 아쿠아리움에서 가장 아름다운 곳이자 메인 포토 존이기도 했다. 관람 시간에는 그야말로 인산인해, 빽빽하게 몰려든 사람들로 여유로운 구경은 커녕 사진 한 장 제대로 찍기도 힘든 곳이지만 지금은 온전히 나만의 것이었다. 평소엔 머릿속에 잡생각이 가득해 꼭 찌르면 펑 터질 것 같은 나였지만 해파리를 보고 있으면 마음이 점점 차분해졌다. 저절로 온몸이 노곤해지면서 생각이 하나둘 지워지는 것 같았다. 희고 투명한 몸을 물의 흐름에 맡기고 목적도 욕심도 없이 그저 흘러 다닐 뿐인 해파리들. 저들은 무슨 생각을 하며 살까, 생각이란 것을 하기는 할까 싶다가도 그게 다 무슨 소용이냐 하며 결국엔 나도 생각을 멈추고 만달까. 둥근 우산처럼 생긴 몸 가운데 네잎클로버 모양 무늬가 밤하늘에 흩날리는 꽃처럼 꿈결처럼 움직이는 모습을, 그저 바라보며 차분히 차분히 가라앉게 되는 것이다.

언젠가는 정우에게도 이 장면을 꼭 보여주고 싶었다. 흐르는 대로 흘러가며 사는 생물들도 저기 저렇게 많다는 것을, 별생각 없이 그저 살아갈 뿐인 것들도 한 발짝 떨어진 곳에서 바라보면 저마다 아름답다는 사실을 알려주고 싶었다. 네 나이에 너처럼 사는 사람이 어디 있느냐고 따져 묻던 정우에게 봐봐 저기 저렇게 많아, 하고 해파리를 가리켜 보이면서. 하지만 거기에 정우가 설득되었을지는 솔직히 알 수 없다. 아니, 설득은커녕 정우는 한심하다는 표정을 지었을 게 틀림없다. 수진아, 제발 어른이면 어른답게 생각하고 살아. 쟤들은 해파리고 넌 사람이잖아. 쟤들은 집도 있고 때 되면 누가 밥도 주지만 넌 아니잖아. 조목조목 짚으며 재미도 감동도 없는 반박을 하다가 또다시 티격태격, 며칠간의 냉전으로 이어질 싸움을 하고야 말았을 테지.

그런 생각을 곱씹으며 멍하니 해파리 수족관을 올려다보는데 김선자 씨가 다가와 옆에 펄썩 앉으며 말을 건넸다.

"뭔 일이 있나, 맨날 밝던 아가씨가 오늘은 왜 이렇게 처져 있어요."

"헤어졌거든요. 마침내."

유니폼 주머니에서 휴대폰을 꺼내던 김선자 씨가 아이고, 하며 혀를 찼다.

"잘했네요. 맨날 지지고 볶더니마는."

"그러게요."

정우와 싸운 다음 날마다 신세 한탄을 해온 터라 이러쿵저러쿵 설명할 것도 없었다. 평소의 나답지 않게 입을 꾹 다물고 해파리 수족관을 올려다보며 새파란 빛을 얼굴에 받고 있으니 김선자 씨가 뒤로 벌렁 드러누웠다.

"그럼 오늘은 이거 불러야겠다."

김선자 씨의 휴대폰에서 음악 소리가 흘러나왔다. 무슨 노래더라, 귀에 익은 게 이전에도 몇 번 불렀던 곡인 것 같은데. 이윽고 전주가 끝나고 김선자 씨가 목청껏 노래를 시작하고서야 알았다. 〈그리움만 쌓이네〉였다.

다정했던 사람이여 나를 잊었나
벌써 나를 잊어버렸나

이유리

그리움만 남겨놓고 나를 잊었나
벌써 나를 잊어버렸나♦

그런대로 음정 박자는 맞지만 결코 잘 부른다고는 할 수 없는 김선자 씨의 노래가 텅 빈 공간에 우렁우렁 울렸다. 그러니까 이게 김선자 씨가 매일 하는 일이었다. 아무도 없는 수족관 앞에서 휴대폰으로 음악을 틀어놓고 따라 부르는 것. 보통 하루에 두 곡 정도, 그날그날 마음에 드는 곡을 불렀는데 그동안 나는 마음껏 해파리를 구경했고 노래가 끝나면 왔던 길을 되짚어 돌아가며 청소를 마무리했다. 그러니 나와 김선자 씨는 합이 잘 맞는 짝이라고 할 수 있었다, 김선자 씨에게는 시끄러운 노랫소리를 참고 들어줄 관객이 필요했고 내게는 해파리를 마음껏 올려다보아도 핀잔을 주지 않는 파트너가 필요했으니까.

처음 김선자 씨의 이 습관을 알았을 때, 그러니까 해파리 수족관 앞에 선 김선자 씨가 노래 한 곡 불러도 되겠느냐고 수줍게 물었을 때는 물론 나도 깜짝 놀랐었다. 갑자기 노래를 요, 하고 되묻자 역시 안 되겠지, 시끄럽고 듣기 싫지, 하면서 기운 없이 말꼬리를 흐리길래 아니 아니 마음껏 부르시라고

♦ 여진 작사 · 작곡, 노영심 노래,《노영심 2》, KOMCA 승인필.

그런데 갑자기 웬 노래냐고 하자 김선자 씨가 설명했다. 예전에 한번 아들네 부부와 여길 온 적이 있었는데, 주말이라 사람이 다글다글 몰려든 해파리 수족관 앞이 참으로 정신없고 복잡했다고, 그런 생각을 하고 있다 보니 문득 거기서 노래를 한 곡 뽑고 싶어지더란다. 말했듯 김선자 씨의 노래는 애정 없이는 들어주기 힘든 실력인 데다 사람이 그토록 많은 수족관에서 노래를 했다간 아들 내외가 기겁할 테니 꾹 참고 집에 돌아왔지만 계속 그게 생각났다고, 그러니 사람이 하나도 없는 시간에라도 여기서 노래를 불러보고 싶고 그러면 기분이 참 좋을 것 같다고. 그렇게 말하는데 거절할 이유가 없어서 그러시라고 마음껏 부르시라고 했더니 처음으로 부른 노래가 나미의 〈슬픈 인연〉이었다. 마침 아는 노래라 나도 흥얼흥얼, 해파리를 보며 따라 불렀고 그게 그날부로 우리의 아침 일과가 된 것이었다.

정우에게도 김선자 씨에 대해 이야기한 적이 있다. 나는 참 이게 좋다고, 아침마다 멋진 공간을 익숙하게 청소하고 나는 해파리를 보고 김선자 씨는 노래를 부르고, 그러고 돌아와서 대강 끼니를 끓여 먹고 낮잠을 자는 것, 그런 것들이 참 좋다고. 그러나 이 이야기를 들은 정우는 미묘한 표정을 짓고는 자꾸 별 상관없는 것을 물었다. 노래를 부른다고? 무슨 노래를? 거기서 왜? 그 사람은 몇 살인데? 가족은 없어? 그런 것은 모른다고, 그냥 우리는 아침에 함께 일을 하고 일이 끝나면 헤어지는 사이라고 하니 이번에는 미묘한 표정이 갑갑하다는 얼굴로 바뀌었다. 그러고는 툭 말했다.

끼리끼리다, 끼리끼리야.

그게 무슨 말이냐고 따져 묻고 싶었지만 그러면 또 싸움이 될 것 같아 그냥 넘어갔었다. 하지만 사실 알고 있었다. 너도 이상하고 그 할머니도 이상하고 이상한 사람들끼리 서로잘도 이상하구나, 하는 말이었겠지. 그리고 정우는 이상한 사람이 아니므로 결국 이상함을 버티지 못하고 나를 떠났다.

나 너 하나만을 믿고 살았네
그대만을 믿었네
네가 보고파서 나는 어쩌나
그리움만 쌓이네

아랫배에 힘을 딱 주고 부르는 김선자 씨의 노래를 들으며 눈앞에서 꿈결처럼 흘러 다니는 보름달물해파리 떼를 보는 이 순간은 글쎄, 정우의 말대로 이상하긴 했다. 하지만 나쁜 건 아니었다. 세상에는 나쁜 이상함, 유해한 이상함이 있고 좀 바보 같지만 무해한 이상함이 있다. 남에게 피해를 끼치지 않는 이상함, 그건 아무래도 잘못은 아니다. 이런 순간이라도 있지 않으면 어떻게 살아간담, 이 풍진세상을.

어렸을 때 나는 도시의 비둘기가 되고 싶었다. 집도 절도 없이 자유로이 날아다니면서 아무거나 주워 먹고 아무 데서나 자는 비둘기. 행색은 지저분하고 몸은 고달프지만 광장으로 나가면 항상 친구들이 있다. 어디에도 얽매이지 않은 것들끼리 와그르르 몰려다니면서 그날그날 먹을 것을 찾아 나서는 하루. 분명 재미있을 것이다.

물론 나이를 먹으며 깨닫기는 했다, 사람은 비둘기가 될 수 없다는 자명한 사실을. 그러나 그 꿈을 완전히 버리지는 못해, 무언가에 소속되고 묶이는 것만은 어떻게든 요리조리 피해왔다. 성적은 그저 그런 주제에 세상의 오만 잡일에 관심을 두는 얄미운 학생이었고 성인이 되어 독립한 뒤에는 스스로 생계를 책임지긴 했지만 그뿐이었다. 남들이 착실하게 취직하고 무언가를 배우고 운동을 하고 결혼이나 주식 투자 따위를 하는 동안 나는 최선을 다해 하고 싶은 대로 살았다. 직급을 달거나 그럴듯한 경력을 쌓기도 전에 회사를 관뒀고 연봉은 늘 사회 초년생 수준이었으나 원래 사치스러운 편은 아니었다. 정우와 만나기 전에 세 들어 살았던 반지하 원룸의 월세, 그것을 밀리지 않을 만큼의 수입만 있으면 괜찮았다. 진급에 대한 욕심도 없었다. 코딱지만 한 돈을 더 주는 대신 책임은 무한정으로 늘어나는 직급 따위. 오히려 그럴 기미가 보이면 기회는 이때다 하고 사직서를 냈다. 퇴사 사유는 언제나 '개인 사정'. 조금 여윳돈이 생기면 제철 과일을 사 먹었고 주말에는 고속버스를 타고 당일치기로 바다를 보고 돌아왔다. 그런 삶이 좋았고 평생 그렇게 살고만 싶었다.

그리고 정우는 그것을 기생이라고 불렀다.

그저께, 그러니까 우리가 헤어지던 날 나누었던 이야기는 그런 것이었다. 술에 약간 취해 돌아온 정우는 나를 붙잡고 대뜸 물었다. 언제까지 그렇게 살 생각이냐고. 정우가 술에 취하면 으레 하는 패턴이었고 어물쩍 넘어가면 또 며칠은 잠잠했으므로 대강 들어주고 말 셈으로 앉아 있었는데 그날은 평소와 좀 달랐다. 오늘은 끝장을 보고 말겠다는 듯, 잔뜩 지친 어른의 표정을 한 정우는 말하기 시작했다. 나는 너와 결혼을 하고 싶고 아이를 갖고 싶다고. 서로의 월급을 알뜰살뜰 모은 것에 대출금을 더해 집을 사고 대출을 갚는 것을 인생의 목표로 두고 싶다고. 우리 몸뚱어리에 뚫리는 세월의 구멍을 모아둔 돈으로 틀어막으며 늙어가고 싶다고. 그런데 지금의 너와는 그런 것을 꿈꿀 수 없고 너는 언제까지나 하고 싶은 것만 하고 살겠다고 하는데, 자 생각해 봐. 갑자기 네가 아프면, 큰돈이 필요해지면, 너는 사랑하는 나한테 기댈 수밖에 없고 나는 사랑하는 너를 책임질 수밖에 없겠지. 그러니까 너는 나한테 미래를 빚지고 있어. 넌 나한테 기생하고 있는 거야.

　마지막 말을 한 뒤 정우는 오래 입을 다물었다. 아주 오랫동안 참고 참았던 말을 엉겁결에 내뱉어 버렸지만 그래서 차라리 잘됐다는 듯한 시원섭섭한 표정으로. 나도 모르게 기생, 하고 반복해 말하자 정우는 고개를 돌려버렸다. 화가 나고 자존심이 상해서 그 외면을 내 마음대로 해석했다. 그래, 그럼 헤어지자. 말 자체는 홧김에 툭 던진 것이었지만 뱉고 나니 이번엔 비참한 기분이 되었다. 어쨌든 지금 살고 있는 집은 정우 명의의 전셋집이었고 헤어진다는 것은 내가 이 집에서 나간다는 뜻이었으며 그 사실이 어쩐지 '기생'이라는 단어와 찰떡같이 어울리는 것만 같아서였다. 나는 다급하게 덧붙였다. 내일 당장 나갈게.

　붙잡지 않으리라는 것을 알고 있었고 실제로도 그랬다. 다음 날 날이 밝자마자 청소 업체에는 몸이 아프다는 핑계를 대고 종일 돌아다니며 집을 구했다. 그 와중에 시간을 좀 더 달라고 말하기는 죽기보다 싫었으므로 썩 마음에 들지는 않으나 바로 입주할 수 있는 고시원을 택했다.

　그리고 도시락 통처럼 좁은 방 안에 누워 있는 지금, 어쩔 수 없이 생각하고 있다. 어쩌면 정우의 말이 옳았는지도 모른다고.

　제멋대로 살 수 있었던 것은 제멋대로 살아도 됐었기 때문에, 그러니까 말하자면 운이 좋았던 덕분이었다. 그럭저럭 제 몫을 하도록 키워주고 대학까지 학비를 대어준 부모가 있었고 아직까지는 사지가 멀쩡해서 아무 일이나 골라잡아 할 수 있었다. 정우의 말대로 더 나이가 들고 몸이 고장나고 할 수 있는 일이 점점 줄어든다면, 갑자기 큰돈을 써야 할 일이 생긴다면, 누구도 나를 책임져 주지 않는 온전히 혼자인 상태라면, 그땐 어떻게 해야 할까.

모르겠다.

아니, 사실 알고 있다. 지금이라도 취직을 하면, 적은 나이는 아니지만 어떻게든 빈자리에 비비고 들어가서 오래오래 버티면, 월급을 쪼개어 적금을 들고 아직도 원리를 이해할 수 없는 그놈의 주택 청약인지 뭔지도 붓고, 갑자기 일자리를 잃거나 집에서 쫓겨나더라도 몇 달은 버틸 수 있는 돈을 모아서…… 주식 투자…… 아니 아니 저축은행…… 참, 저축은행에는 한 군데에 5000만 원까지만 넣어두라고 했지, 예금자 보호법이 보전해 주는 금액까지만…… 그런데 5000만 원을 모을 수는 있을까. 그런 충고를 누가 해줬더라 아무튼 그 사람은 여러 군데의 은행에 제각기 5000만 원씩을 넣어둘 만큼 돈이 많은 사람일까. 나는 그런 삶을 살아볼 수 있을까. 정우가 원했던 삶. 나와 함께 누리고 싶었던 삶은 그런 것일까. 더 나은 미래를 위해 하기 싫은 것을 끈질기게 참아가며 사는 것.

하지만 나는 그것만은 정말로 할 수 없다. 아니 뭐 눈 딱 감고 하려면 할 수야 있겠지만 금세 지치고 질려서 그만두고 말 것이다. 또다시 잔머리와 재기 발랄한 꾀만 믿고 요령을 피울 것이고 도망칠 구멍만 찾다가 바늘구멍만 한 틈을 발견하면 쏙 빠져나갈 게 틀림없다.

그러니 이런 나를 어떻게 믿고 평생 함께 살겠어.

그렇게 생각하니 정우가 나를 떠난 것이 정말 진심으로 이해가 되었다. 오히려 정우에겐 잘된 일이었다. 더 훌륭한 사람을 만나서 행복한 삶을 살았으면, 나는 낯선 방에서 뒤척이며 곱씹었다. 나는 여기서 이렇게 살 테니, 너는 거기서 그렇게 살아…….

그리고 다음 날 아침, 파랗게 불이 켜진 해파리 수족관 앞에서 휴대폰을 뒤적이며 오늘 부를 노래를 찾는 김선자 씨에게 나는 문득 이렇게 물었다.

"돈은 많이 모으셨어요?"

말하자마자 후회했다. 이런 속물적인 질문을 하려던 건 아니었는데. 김선자 씨도 당황했는지 휴대폰을 켠 채로 나를 빤히 바라보았다.

"왜요, 돈 필요해요?"

"아니요, 아니요. 그런 게 아니고."

"그럼?"

"그냥…… 어떻게 살아야 할지 모르겠어서."

앞선 질문보다는 덜 이상한 얘기였지만 말을 하고 또 후회했다. 모은 돈의 액수가 곧 삶의 방향을 정한다고 생각하는 사람처럼 들리지 않을까 싶어서였다. 제가 하고 싶었던 말은 그게 아니라, 그게……. 하지만 부연 설명을 하려니 이번에는 정작 하고 싶었던 말이 뭐였는지도 뚜렷이 알 수 없어서 그냥 입을 다물고 말았다. 김선자 씨는 곰곰 생각하더니 눈썹을 팔자로 모으고는 대답했다.

"참 나도 그걸 알면 좋을 텐데. 말해줄 텐데. 미안해요, 몰라서."

진심으로 미안한 목소리였다. 김선자 씨는 내 옆에 앉았다. 사방이 고요했고 우리 머리 위로는 해파리 수족관이 내뿜는 푸른빛이 가득했다. 그 빛 속에서 아무 생각 없이 흘러 다니는 해파리들. 저렇게만 살 수 있다면 얼마나 좋을까. 지금 당장 저 중 한 녀석과 삶을 바꾸고 싶다, 정말 진심으로 기쁘게 바꿔줄 텐데…….

"이 앞에서 노래를 하면요,"

문득 김선자 씨가 중얼거렸다.

"꼭 지구를 앞에 놓고 부르는 것 같아요. 둥그렇고 새파랗고, 안에 뭔가 살아 있는 것들이 오글오글 돌아다니는 게 그렇지 않아요? 나이 든 사람이 이상한 소리 한다구 생각할지 모르겠는데, 나는 그렇게 생각하면 기분이 좋더라구요."

김선자 씨가 코를 훌쩍였다. 나는 대답 대신 그저 수족관 너머 해파리만 바라보았다. 김선자 씨가 뭘 말하고 싶은지 알 것 같기도 하고 전혀 모를 것 같기도 했다.

"뭐 그렇게 살면 되지 뭐. 열심히 살라고, 돈 많이 모으라고, 그런 말 해봤자 뭐."

하긴 그랬다. 김선자 씨가 알고 보니 대단한 현자라 엄청나게 멋지고 납득 가는 삶의 방향성을 제시해 준다고 해도 내가 그대로 따를 것 같지는 않았으니까. 왠지 한 방 맞은 것 같은 기분이 되었고 사실 이게 진짜 삶의 진리 아닐까, 생각하며 김선자 씨가 노래를 틀도록 내버려 두었다. 김선자 씨는 평소보다 더 오랫동안 노래를 골랐다. 그러다 한참 뒤에야 이거다 하는 듯한 손길로 화면을 쿡 찍었는데 그 모습을 본 순간 혹시 이 노래가 아닐까 싶은 것이 있었고 잠시 후 정말로 예상했던 낯익은 전주가 나와서 피식 웃고 말았다.

쿵짜라작작 쿵짜라작작 쿵작쿵작
산다는 게 다 그런 거지

누구나 빈손으로 와[♦]

휴대폰을 마이크처럼 쥔 김선자 씨는 매일 그렇듯 목청 껏 노래했고 집중한 김선자 씨의 얼굴 위로 해파리들의 그림 자가 드리워졌다가 사라졌다 했다. 그림자를 하나하나 눈으 로 좇으며 입으로는 김선자 씨를 따라 불렀다, 세기의 명곡 〈아모르 파티〉.

그 주 금요일이 월급날이었다. 아침에 일하고 돌아와 그 대로 낮잠에 들었다가 저녁에 깨어나 보니 통장에 돈이 들어 와 있었다. 내가 확인한 금액은 카드값이며 휴대폰 요금이며 보험료 따위로 조각조각 쪼개져서 빠져나가고 남은 돈이었지 만 아무튼 월급은 월급이니까. 정우와 살았을 때는 월급을 탈 때마다 함께 맛있는 걸 먹었었다. 월말에 돈이 부족해 허덕이 는 한이 있어도, 이것은 한 달간 수고한 나에게 보상을 주는 중요한 의식이므로 허투루 하지 않았다. 양념갈비, 샤부샤부, 스테이크, 평양냉면, 그때그때 먹고 싶은 것을 읊으며 월급날 을 기다렸는데. 그 모든 것들이 어쩐지 혼자 먹기엔 부담스러

[♦] 신철·이건우 작사, 윤일상 작곡, 김연자 노래,《아모르 파티》, KOMCA 승 인필.

운 메뉴였고 이제 와선 당기는 음식도 딱히 없어 누운 채로 뒹굴거렸다. 그러다가 생각했다. 저축. 그렇지, 저축을 해볼까.

생각하니 의외로 쉬운 일처럼 느껴졌다. 그래, 앞으론 돈 쓸 일도 적을 테니까. 이왕 마음을 먹은 거 당장 시작하자 싶어 휴대폰으로 주거래은행 앱에 접속했다. 지금까지 한 번도 눌러보지 않았던 '정기예금 상품' 메뉴에 들어가 이것저것 기웃거려 보았다. 대강 살펴보니 연이율이 5퍼센트 정도인 것 같았다. 5퍼센트면 얼마지. 그걸 계산하려면 내가 1년 동안 저축할 수 있는 금액이 총 얼마인지를 먼저 알아야 했고, 그러려면 한 달에 얼마씩을 넣을 수 있는지를 계산해야 했고, 보자, 그러니까…… 계산기 앱을 켜고 이것저것 빼고 더하고 곱하고 나누었는데 결괏값은 정말로 코딱지만 한 금액이었다. 엥, 이게 맞나, 정말 이게 다인가 싶어서 연산 순서를 앞뒤로 바꿔서도 해보았는데 여전히 같았다. 그러니까 이 돈을 1년간 묵히면 5퍼센트를 더 붙여준다는 거지, 5퍼센트는 또 얼마인지 계산해 봤다가 이번엔 피식 헛웃음을 터뜨리고 말았다. 프라이드치킨 한 마리도 시켜 먹지 못하는 돈이었다.

됐다, 됐어. 휴대폰을 던져놓고 벌렁 드러누웠다. 여전히 낯선 천장이 내 머리 위로 드리워져 있었다. 한쪽 모서리에 번져 있는 정체 모를 얼룩을 빤히 바라보았다. 저 얼룩은 언제부터 이 방에 있었을까. 어쩌면 이 방보다 저 얼룩이 먼저 있었을지도 모르지. 그런 아무짝에도 쓸모없는 생각을 하다가 천천히, 서글퍼졌다. 내게는 정말 현실감각이 조금도 없구나. 21세기를 살아가는 현대인으로서 꼭 갖춰야 할, 피부 위에 두텁게 두르고 살아가야 할 그것이 내게는 전무하구나.

하지만 없다면 어쩔 수 없다.

천장을 조금 더 노려보다가, 나는 던져놓은 휴대폰을 다시 집어 들었다. 차근차근 생각하면 되겠지. 정 안 되면 다시 취직을 하는 방법도 있다. 크게 욕심내지 않으면 아직까진 갈 만한 회사가 있을 것이고 없으면 나타날 때까지 기다리면서 아쿠아리움에서 해파리를 보고 김선자 씨와 노래를 하지 뭐. 하지만 그래도 없으면, 저금은커녕 당장 끼니를 때울 돈도 없어진다면, 그때는, 그때는. 그때는 그때 가서 생각하련다. 아직도 켜져 있던 은행 앱을 꺼버리고 대신 배달 앱을 켰다. 어쨌든 월급날 정도는 맛있는 것을 먹어도 되겠지. 아직은 그래도 되겠지. 월급날엔 누구나 맛있는 것을 먹으니까.

별로 허기가 지지는 않았지만 어쨌든 고르고 고른 무언가 거한 음식을 시켜놓고, 나는 음식이 오기도 전에 다시 잠들어 버리고 말았다.

'현실감각'. 제게는 생을 열 번 더 살아도 가질 수 없는 것일 듯합니다. 애초에 현실감각이란 뭘까요. 여름을 살면서 겨울을 대비하는 것? 현재의 행복을 깎아 미래의 불행을 막는 것……? 30대 중반을 향해 부지런히 달려가고 있는 와중에도 이런 생각밖에 떠오르지 않는다니 큰일입니다. 하지만…… 정말 그렇게까지 큰일일까요?

이유리　소설집《브로콜리 펀치》,
　　　　《모든 것들의 세계》가 있다.

알고 싶은 마음

질문을 듣고 웃은 사람은 나뿐이었을까.

면접관은 내 얼굴을 빤히 쳐다보며 답변을 기다렸다. 그제야 농담이 아니란 걸 깨달았다. 문득 인터넷 사이트에 떠돌아다니는 게시물이 떠올랐다. 유머를 가장해 특정 유형을 비꼬는 글이었다. 때로는 그림과 도표를 곁들여 알기 쉽게 설명해 주었다. 나보다 나를 더 잘 아는 사람들이 도처에 널려 있는 MBTI 세상. 16가지 기준의 검열과 섣부른 판정의 세계가 면접장 안으로 불시에 침범해 들어왔다.

사실대로 말하면 면접 점수가 깎일 것 같았다. 나는 그런 유형의 사람이었다. 타인과 어울리기보다 혼자 있는 걸 좋아하는 사람. 상황에 맞는 가면을 쓰고 연기하는 사람. 안 맞으면 쉽게 손절하는 사람. 나는 그것이 현대인이라면 으레 갖고있는 속성이라고 생각했지만 다른 이들은 그렇게 생각하지 않는 것 같았다. 내가 속한 유형의 장점보다 단점이 먼저 떠올랐다. 평소엔 웃어넘기고 말았던 일이 나를 이토록 고민하게 만든다는 게 놀라웠다. 나는 천천히 입을 열었다.

……I.

예, I처럼 보이네요.

면접관은 그럴 줄 알았다는 듯 즉시 대꾸했다.

N…….

N이요?

면접관은 미간을 살짝 찡그렸다.

……FJ입니다.

나도 모르게 목소리가 점점 작아지며 면접관의 눈치를 살폈다. 마스크로 인중과 턱만 가린 그는 허탈한 웃음소리를 냈다.

인프제요? 그 유형 잘 알죠. 조직 생활이 힘든 타입인데?

나는 면접관의 자질을 의심하는 대신 사실대로 말한 걸 후회했다. MBTI가 당락에 영향을 미칠 수 있다는 현실에 기함하지 않고, 나의 답변이 정답이 아닌 것 같아서 무척 초조하기만 했다. 고작 MBTI일 뿐이라는 생각은 면접장에선 들지 않았다.

여기까지 진행하겠습니다. 수고하셨습니다.

면접관은 갑자기 내게 깍듯하게 인사하더니 노트북 키보드를 두들겨 뭔가를 입력했다. 아무래도 내가 어떤 유형인지 기록해 놓는 것 같았다.

　일주일 뒤 그곳의 채용 공고는 마감되었다. 궁금했다. 합격자는 어떤 유형일까. 가면을 쓰지 않고 누구든 진실하게 대하며 조직 생활을 잘하고 협동심이 뛰어난 유형일까. 나는 모든 점에서 반대였다. 누구든 일정한 거리를 두고 대하며 혼자 고민에 빠지는 시간이 많고 업무 시간이 유연할수록 잘 적응하는 유형이었다. 나를 그런 유형의 인간으로 재단해 버린 이 사회가 뒤늦게 원망스러웠다. 도대체 나도 모르는 나를 어찌 그리 잘 아시는지.

　어쩌면 MBTI가 말해주는 나를 잠자코 학습하는 게 나을지도 모른다. 내가 그런 유형의 사람이라는 것은 그렇게만 행동하면 큰 괴로움 없이 살 수 있다는 의미이기도 할 테니까. 가스라이팅의 일종인지도 모른다고 의심하는 대신 열린 마음으로 받아들이는 것이다. 우리 모두에 관한 16가지의 방향성을.

　책상 위 핸드폰이 짧게 진동했다.

　다음 주에 제주도 갈래?

　은명에게서 온 톡이었다. 나는 즉시 답장을 입력했다. 면접에 떨어졌고 앞으로 굶어 죽을 일만 남았다고 말했다. 스물한 군데에 이력서를 넣었지만 면접까지 간 곳은 세 곳뿐이었다. 마지막 희망이었던 회사는 채용이 마감되었다. 우울한 소식을 과장해서 전달하니 은명에게서 곧바로 답장이 왔다.

걱정 마. 내가 책임질게.

우습게도 나는 안도했다. 나를 위로하느라 그런 말을 했다는 걸 알면서도 정말로 책임져 줄지도 모른다는 기대를 은근히 품었다. 은명은 친환경 공동체를 만들어 뜻이 맞는 사람들과 어울려 살기를 꿈꾸었다. 재산을 공동으로 소유하며 유기농법 농사를 짓고 사는 공동체라고 했다. 스무 살에 그런 말을 들었다면 기겁했겠지만 지금은 상황이 다르다. 곧 내 나이의 앞자리가 바뀐다. 뭐든지 가능할 거라 믿었던 스무 살부터 지금에 이르기까지 세상과 나는 안 좋은 방향으로 꾸준히 퇴보했다. 지구는 아슬아슬하고, 나의 일자리는 늘 불안정했다. 와중에 발밑은 이중으로 흔들렸다. 내가 발 딛고 있는 서울과 서울이 자리 잡고 있는 지구가. 가파른 집값 상승에 이어 부동산 하락기가 도래했지만, 좀처럼 나는 노후화된 다가구 원룸을 벗어나지 못하고 있었다. 지구는 무지한 인간의 행패 때문에 제정신이 아닌 것처럼 보였다. 기습적 폭우로 국토의 대부분이 물에 잠기거나 가뭄으로 강바닥이 쩍쩍 갈라졌다. 내가 나의 미래를 비관하고 불신하는 동안 은명은 기후위기를 알리는 활동에 적극적으로 참여했다. 그런 은명을 보며 나는 생계 걱정 대신 지구 걱정을 하는 이 친구의 스케일을 좀처럼 따라잡을 수 없다는 심정이었다. 도대체 무엇이 은명을 그토록 담대하게 만들고, 나를 이토록 좀스럽게 만드는 것일까.

복잡한 심경을 정리할 겸 제주도 여행도 나쁘지 않을 것 같았다. 은명에게 가겠다는 답장을 보낸 뒤 제주도 맛집을 검색하기 위해 인스타그램에 접속했다. 그러나 화려한 게시물에 눈이 금세 피로해져서 결국 바닥에 드러눕고 말았다. 쨍한 색감의 보정 필터를 덧입힌 사진 속에선 무엇도 진짜처럼 보이지 않았다. MBTI의 세계에서 J형은 계획을 세워 일을 진행한다. 그러므로 원래라면 빼곡하게 채운 일정표를 들고 여행을 시작해야 하지만 나는 사실 여행할 때 계획을 전혀 안 세운다. 일정 짜기를 시작하자마자 이른 피로감을 느끼고 일찍 포기해 버린다. J형임에도 그렇다.

은명이 알아서 할 것이다. 늘 그랬으니까. 나는 은명 앞에서 가면을 벗었던 순간과 손절했다가 다시 만난 순간을 떠올렸다. 은명과 우정을 키워가는 과정에서 나는 나의 유형에서 벗어난 행동을 자주 했다. 은명의 MBTI는 알 수 없었다. 은명은 MBTI를 싫어했다. MBTI를 싫어하는 사람은 어떤 MBTI 유형일까. 궁금한 마음이 들어 곧바로 검색해 보았다. 예상했던 대로 똑같은 질문이 있었지만 답변은 천차만별이었다. MBTI 맹신자들의 글을 읽고 있으니 쓸데없는 정보가 줄

줄이 딸려 왔다. 부자가 될 확률이 높은 MBTI, 거지가 될 확률이 높은 MBTI, 뒤통수칠 확률이 높은 MBTI 등등. 이걸 왜 보고 있나 생각하면서도 내 유형이 어느 자리에 위치하는지 확인했다. 순위의 위쪽인지, 아래쪽인지. 결과를 확인하면 금세 시들고 말 호기심이었다. 내가 부자가 될 확률이 높다고 하여 당장의 구직 생활이 즐거워지는 건 아니며, 거지가 될 확률이 높다고 하여 제주도 여행을 포기할 것도 아닌데.

핸드폰을 내려놓고 천장을 바라보았다. 시간이 남아돌지 않고서야 이런 걸 다 읽어보는 사람이 있을까. 나는 MBTI 때문에 면접에서 떨어졌을지도 모른다는 망상에 시달리는 내가 불쌍했다. 언젠가 은명이 했던 말이 떠올랐다. MBTI가 이렇게 널리 퍼진 이유는 다름 아닌 테스트가 공짜이기 때문이라고. 과연 은명다운 해석이었다.

하긴, 나도 돈 들면 안 했지.

저녁밥을 먹으러 오라는 아버지의 연락을 받고 집을 나섰다. 아파트 관리 사무소에서 일했던 아버지는 입주자 대표에게 뺨을 맞은 뒤 일을 그만두었다. 다행히 생계엔 지장이 없었다. 금속가공 회사를 착실히 다니던 시절에 납입한 3중 체계의 연금이 있었다. 퇴직연금과 민간 보험사 연금 그리고 국민연금까지. 그러므로 은퇴하더라도 큰 걱정 없이 살아갈 수 있었다.

　　현관문을 열고 들어서니 청국장 냄새가 코를 찔렀다. 아버지와 마주 앉아 묵묵히 밥을 먹는 동안 나는 아버지의 잔에 이따금 소주를 채웠다. 아버지가 면접은 어떻게 되었느냐고 물었고, 나는 MBTI 때문에 떨어졌다고 답했다. 실력이 아니라 본성 때문에 탈락했다고 말하는 편이 덜 쪽팔릴 것 같았다. 아버지는 MBTI가 뭔지 몰랐다. 성격유형검사라고 설명하자 놀란 표정을 지었다.

　　네가 정상이 아니래?

　　정상, 비정상으로 나누는 게 아니야. 16가지 유형으로 나뉘어.

　　너는 뭔데? 비정상이야?

　　그런 게 아니라니까.

　　나는 한숨을 내쉬며 숟가락을 내려놓았다. 밥그릇은 이미 텅 비어 있었다. 청양고추를 듬뿍 넣은 청국장은 언제나 밥도둑이고, 아버지는 내가 밥을 잘 먹을 때마다 왜인지 모르게 슬픈 표정을 지었다. 목이 길고 어깨가 넓고 키가 큰 아버지는 늙은 기린과 닮았고 슬픈 표정을 지을 때마다 더욱 그렇게 보였다.

　　아버지가 내 눈치를 살폈다. 나는 한숨을 푹푹 내쉬며 면접 탈락자의 슬픔을 온몸으로 내뿜었다. 내가 더 상처받은 척

해야 아버지가 덜 상처받을 것 같았다. 아버지는 의자에서 일어나 소주잔을 가져오더니 내 앞에 가져다 놓았다. 나는 자작으로 술을 마셨다. 아버지는 절대로 내 잔에 술을 안 따라줬다. 술은 한 잔만 마셔도 건강을 해친다고 생각했고 자식한테 그런 걸 직접 해줄 수는 없다고 했다.

천천히 해. 급할 거 없어.

나는 고개를 젓고 나서 소주를 원샷했다. 천천히 하라니. 저것이 3중 연금 체계를 가진 자의 여유인가……. 나는 나의 마음을 헤아리지 못하는 아버지와 아버지의 경제적 여유를 질투하는 나를 생각하다 이런 딸도 딸이라고 저녁밥을 차려놓고 기다리는 아버지가 가여웠다.

아버지, 연애 안 해?

취했냐?

우리는 서로에게 장난을 걸고 싶을 때마다 '연애'라는 단어를 들먹였다. 그때마다 아버지는 쑥스러워하며 성질내고, 나는 진심으로 성질낸다는 차이점이 있지만.

연애해. 아직 안 늦었어.

너나 해. 비정상이어도 연애할 수 있어. 내 주변에 비정상 많았는데 다들 연애는 잘만 했어.

비정상 아니라니까 그러네.

아버지의 생각을 바꾸긴 힘들 것 같았다. 아버지는 술병을 닫았다. 소주는 하루에 세 잔씩. 그 이상 마시면 운동하러 가기 힘들다고 했다. 밤마다 동네 체육공원에서 경보를 하는 아버지는 다른 사람들보다 키가 훌쩍 커서 경중경중 걷는 기린 같았다.

아버지가 설거지를 하는 동안 나는 대방석이 푹 꺼진 소파에 눕듯이 앉았다. 엄마는 없고 아버지가 있었지만 나는 아무도 없이 혼자 남겨진 기분이었다. 어째서 저 기린 같은 아버지는 나에게 안도감을 주지 못할까. 엄마는 내게 욕을 퍼부어도 안도감을 주는 사람이었지만 아버지는 나를 위로해 주는 순간에도 나를 외롭게 만들었다.

어쩌면 아버지 역시 나를 보며 똑같은 생각을 할지도 모른다.

＊

제주공항에 내려서 버스를 기다렸다. 벤치에 앉아 야자나무를 바라보고 있는 동안 나의 구직 생활이 전생처럼 멀게 느껴졌다. 이대로 영원히 서울로 돌아가고 싶지 않았다.

은명아, 우리 제주도에서 살아볼까?

나중에.

나중에 언제?

……건강이 나빠지면.

은명은 언젠가 건강이 나빠질 게 분명하다고 생각하는 눈치였다. 왜 그런 생각을 하는지 묻지 않았다. 나는 되도록 말을 길게 안 하고 싶었고 길게 듣고 싶지도 않았다. 그냥 쉬고 싶었다.

버스가 도착하자 우리는 차례대로 올라탔고 두 시간 넘게 섬의 동쪽을 향해 달렸다. 가는 내내 나는 차창 너머 제주 시내를 구경했지만 은명은 두 눈을 감고 배낭을 끌어안은 채로 가만히 있었다. 그제야 제주 여행을 제안한 이유가 궁금했다. 물론 은서 언니를 보려고 그런 것이겠지만, 여름에 이미 다녀왔는데 두 달 만에 다시 온 건 악착같이 돈을 아끼는 은명 답지 않았다. 은명은 나의 물음에 한동안 아무런 대답이 없다가 이윽고 입을 열었다.

온해야, 너는…… 아플 수도 있다는 생각을 해본 적 있어?

있지.

진짜로 아플 수도 있다는 생각을 해본 적 있냐고.

진짜로 아프다는 게 무슨 뜻이야? 너 어디 아파?

은명은 내 시선을 피했다. 두 손을 맞잡고 무릎께만 바라보았다. 분위기가 심상치 않다고 느꼈지만 캐묻기 두려웠다. 나는 은명의 옆얼굴을 조심스레 살폈다. 평소 모습 그대로였다. 은명은 나를 보지 않고 말했다.

가슴에 멍울이 있는 것 같아서 동네 병원에서 검사를 받았어. 초음파랑 영상 촬영.

근데?

결절이 많고 미세 석회화도 보인다고 큰 병원으로 가래…… 암 센터로.

순간 버스가 기우는 기분이 들었다. 암 센터? 나는 그렇게 되묻고 말문이 막혀서 더 이상 아무것도 묻지 못했다.

아직 정확한 건 몰라. 2주 뒤에 조직 검사를 받아봐야 돼. 근데 심상치 않다고 하네.

나는 빠르게 뛰는 심장이 제 속도를 찾을 때까지 기다렸다. 차창 너머로 눈길을 옮겨 스쳐 지나가는 풍경을 바라보았다. 도심은 어느새 자취를 감추었고, 너른 들판이 끝없이 이어졌다. 구름 없는 하늘과 한들거리는 수풀. 아무도 없는 텅 빈 정류장. 쓸쓸하고 적막한 풍경이었다. 눈길을 옮기다가 익숙한 정류장을 보았다. 은명과 나는 동시에 가방을 둘러멨다.

버스에서 내리자마자 은명이 당부하듯 말했다.

언니한텐 말하지 마.

나는 알겠다고 하고 고개를 끄덕였다. 그리고 앞서 걷는 은명을 바라보며 온갖 비관적인 생각을 떠올렸다. 상급 병원으로 이동해 정밀 검사를 받는 건 흔한 일인지도 모른다. 그러나 서른을 목전에 두고 있는 젊은 사람에게도 흔한 일일까. 지

149

Ⓕ

구를 살리기 위해 생계도 내팽개치고 뛰어다니는 애한테 그런 일이 일어날 수가 있을까. 문득 은명이 차려준 밥상이 떠올랐다. 온통 풀때기뿐이었는데. 탄산음료나 치킨은 입에도 대지 않는 애인데. 죽어가는 지구와 학대당하는 동물의 이야기에 귀 기울이고 긴 선언문을 작성하다가 잠드는 애인데. 그런 은명이 도대체 왜 암 센터에 가야 하나. 특정 부류의 사람만 암 센터에 가는 건 아님에도 나는 필사적으로 은명의 삶을 톺아보았다. 할 수 있는 게 그것밖에 없었다.

앞서 걷고 있는 은명은 한 번도 뒤를 돌아보지 않았다. 눈시울이 점점 뜨거워졌다. 고작 이런 일에 눈물이 나서야……. 앞으로 반세기 넘게 꾸준히 겪어야 할 일인지도 모르는데. 나는 그런 생각을 하며 나를 다독이고, 은명의 뒷모습을 불안한 눈길로 좇았다. 슬픔이 엿가락처럼 길게 늘어져 은명의 정수리와 나의 심장을 연결했다. 나는 은명의 머릿속이 궁금했다. 왜 나를 책임지겠다고 한 거야. 내가 너를 책임져야 마땅한 상황인 거 같은데. 하지만 은명에게 물질적 도움을 줄 수 있는 형편은 안 되기에 내가 줄 수 있는 건 오로지 마음뿐이었다. 그것이 얼마나 도움이 될지는 모르지만. 아마도 미미하겠지.

은명아, 너 괜찮아?

은명은 사이를 두고 답했다.

……아니.

언니를 만날 수 있겠어?

그러니까 만나야지.

은명이 이곳에 온 이유를 뒤늦게 알 것 같았다. 은서 언니에게서 사랑을 듬뿍 받고 돌아가려는 것이다. 나에겐 그런 형제자매가 없었다. 나는 투정하듯 물었다.

너 왜 나를 책임지겠다고 했어? 네 몸이나 잘 챙겨.

은명은 걸음을 멈추고 멍하니 차도를 바라보았다.

온해야, 내 감정이 지금 롤러코스터야. 아프면 잘해주지 못하니까 지금 당장 잘해줘야겠다는 생각에 아침부터 다정하게 말을 걸다가도, 저녁이면 누구도 나의 고통을 대신해 줄 수 없다는 걸 깨닫고 쌀쌀맞아져. 암인지 아닌지도 아직 모르는데 이러는 게 이상하지? 근데 정말 그래. 겪어보지 않으면 모르는 거야. 나도 몰랐고.

나는 묵묵히 듣기만 했을 뿐 아무런 대꾸도 하지 못했다. 내가 알던 은명은 건강한 은명이었고, 지금 내 눈앞에 있는 은명은 암 센터에 가야 하는 은명이었다. 검사를 받으며 얼마나 떨릴까. 그 생각을 하니 손끝이 차가워졌다. 동시에 원망스러운 순간들이 떠올랐다. 은명과 드라마를 함께 보다가 저거 발암 장면이야, 하고 쉽게 외쳤던 순간이. 은명과 말다툼하다가 너 때문에 암 걸릴 거 같아, 하고 말했던 순간도. 그때의 암은 진짜 암이 아니었다. 분노의 다른 이름일 뿐이었다. 분노는 감정이지만 암은 질병이다. 겁이 나는 질병. 나는 그런 생각을 떠올리다 일부러 아무렇지 않은 목소리로 은명에게 말했다. 초기에 발견하면 완치가 가능하니까 너무 걱정하지 마.

은명은 고개를 저으며 말했다.

그 얘기는 그만하자. 이 섬에선 금지야.

나는 정말로 그래야겠다고 마음먹었다. 가벼운 화제로 전환하기 위해 머릿속을 뒤져보았지만 떨어진 면접 얘기만 떠올랐다. 은명에게 자세히 말해주었더니 웃지도 않고 가만히 듣기만 하다가 갑자기 이렇게 물었다.

너는 어떤 사람이야?

누구보다 나를 잘 아는 은명에게서 그런 말을 들으니 기분이 묘했다. 나는 어떤 사람인가. 그건 우주가 어떤 곳인지 묻는 질문만큼이나 거대하면서도 1 더하기 1이 무엇인지 묻는 질문만큼이나 단순하게 느껴졌다. 나는 은명을 웃게 만들려고 세간에 널리 퍼진 INFJ에 대한 악평을 말해주었다. 뜻밖에도 은명은 네가 그래?라고 계속 물어서 나를 놀라게 했다. 은명이 알고 있는 나는 사뭇 달랐다. 정이 많고 부탁을 받으면 잘 거절하지 못하며 혼자 있으면 외로움을 느끼는 사람. 은명이 확신에 찬 어조로 말하니 그게 나의 진짜 모습 같았다.

생각에 잠긴 얼굴로 걷던 은명이 말했다.

지금은 이 세상에서 가장 궁금하고 알고 싶은 사람이 나야. 내가 어떻게 살아왔는지 매일 돌아보게 돼. 내가 나를 괴롭혔던 순간들이 떠올라서 왜 그랬나 싶고. 넌 그렇게 살지마. 이제부터라도 너를 많이 사랑해 줘.

나는 천천히 고개를 끄덕였다. 이제부터 나를 많이 사랑하면서 은명도 사랑해 주고 싶었다. 은명이 혼자 울게 놔두고 싶지 않았다. 외부로 향했던 은명의 모든 관심은 이제 내부로 응축되고 있었다. 은명의 가슴에 있다는 결절이 은명의 모든 생각을 안으로 끌어당기고 있었다. 은명과 비슷한 상황에 처한 누군가는 생각의 방향이 반대로 흐르기도 하겠지만, 나 역시 은명과 비슷할 것 같았다. 우리는 의외로 자신에 대해 충분히 생각하지 않으며 살아가는 게 아닐까. 어떤 계기로 그걸 깨달으면 깜짝 놀라고 마는 것이다.

나는 은명에게 마음속으로 말했다. 올바른 방향이라고 굳게 믿었던 너의 삶은 절대로 무너지지 않을 거라고. 우리는 아직 이렇게 무거워질 필요가 없다고.

오래된 단층 건물에 자리한 작은 메밀국숫집. 미닫이문을 열고 들어가자, 앞치마를 맨 낯선 사람이 우리를 돌아보았다. 직원을 채용할 만한 규모가 아니었기에 나와 은명은 의구심 섞인 눈빛을 교환했다.

은서 언니는 어디 갔어요?

잠깐 바람 쐬러요.

그는 우리에게 간략하게 자기소개를 했다. 이름은 구지월. 한 달 전부터 직원으로 일하는 중이라고 말했다. 나는 가게 안을 둘러보았다. 오전 장사를 하지 않았는지 깨끗하게 정돈된 오픈 주방은 온기 없는 어둠 속에 잠겨 있었다.

오늘 쉬는 날이에요?

오후에 촬영이 있어서요.

무슨 촬영이요?

맛집 찍는 프로그램이요.

은명은 여기가 그새 맛집이 된 거냐고 물었고, 구지월은 무표정한 얼굴로 잘 모르겠다고 답했다. 맛집이라고 할 만큼 특별하진 않은데……. 그는 앞치마를 벗으며 은서 언니를 데려오겠다고 말했다. 은명과 나는 우리가 찾아보겠다고 말한 뒤 서둘러 가게 밖으로 나왔다.

은서 언니가 갈 만한 곳을 우리는 알고 있었다. 가게 뒤편의 한적한 해변. 언니는 브레이크 타임이 아니더라도 그곳에 자주 산책하러 갔다. 한갓진 동네의 작은 메밀국수 가게에 찾아오는 손님은 그리 많지 않았다. 언니는 서울에 있을 땐 지금과 퍽 다른 모습이었다. 대기업 계열사에서 밤낮과 주말을 가리지 않고 일했다. 그러다 군발성 두통이라는 병명으로 갑

작스럽게 퇴사했고 도망치듯 제주로 떠났다. 군발성 두통이
뭐냐고 묻는 나에게 언니는 이렇게 되물었다. 머리를 살아 있
는 채로 쪼개면 어떻게 될 거 같아? 나는 당연히 너무 고통스
러울 것 같다고 대꾸했다. 언니는 스트레스 없는 삶이 최고라
며 일은 되도록 조금만 하라고 말했다. 실현 가능성이 없는 말
이라고 생각했지만 나는 순순히 알겠다고 답했다.

　　은서 언니는 바위 위에 우두커니 서서 먼 바다를 바라보
고 있었다. 앞치마를 매고 있는 걸 보니 잠깐 바람 쐬러 나온
모습인데 분위기는 그렇지가 않았다. 사연 있는 처연함을 풍
겼다. 강한 바람이 불어와 언니의 머리칼이 사방으로 휘날렸
고 앞치마도 마구 펄럭였다. 둘이 싸운 거 같지? 은명의 말에
나는 뒤늦게 구지월과 언니의 관계를 상상했다.

　　언니에게 가까이 다가가기 전에 언니가 먼저 우리를 발견
했다. 나는 양팔을 번쩍 들어 흔들었다. 언니가 바위에서 내려
와 우리에게로 가까이 걸어오더니 은명에겐 살 빠졌네, 라고
말하고 나에겐 여전하네, 라고 말했다. 살이 빠진 건 나이고 여
전한 건 은명인데 언니는 왜 반대로 말하는 것일까 생각하다
가 아마도 그게 가족을 바라보는 마음이겠거니 짐작했다.

　　방송 탄다며?

　　은명의 말에 언니는 걔 가게에 있지?라고 되묻더니 한숨
을 길게 내쉬었다. 어쩌다 사귀게 된 거냐고 은명이 단도직입

적으로 물었다. 언니는 일주일 동안 하루도 빠짐없이 찾아와
서 메밀국수를 먹길래 신기해서 말을 걸었다고 답했다. 언니
가 먼저 대시했다는 의미였다. 자세히 보면 아이돌 그룹의 누
구를 닮았다고도 했는데 내가 모르는 아이돌이었고, 사실 구
지월의 외모는 아이돌과 거리가 멀었다. 콩깍지가 단단히 씐
것 같았다.

　　나는 언니가 여행 온 손님과 사랑에 빠지길 바란 적이 있
었지만 막상 그렇게 되자 언니 곁에 누군가 있다는 게 어색했
다. 그러나 언니가 혼자이길 바라는 마음은 결코 아니어서 결
국 이 상황을 받아들이고 언니를 놀리기 시작했다. 안경 다시
맞춰야겠다, 아이돌은 무슨. 동거는 괜찮지만 결혼은 안 돼.
결혼하려면 어디서 뭐 하다 온 사람인지 알고 나서 해. 아마도
나와 같은 마음이었을 은명은 언니를 뒤따라가며 말했고, 나
도 옆에서 열심히 거들었다. 언니는 우리의 말을 귀담아듣지
않더니 해변을 벗어나자마자 갑자기 열을 올리며 자기 말 좀
들어보라고 했다.

　　피디님이 소스 비법이 뭐냐고 물어서 특별한 건 없다고
했거든. 시판 소스라서. 그랬더니 방송에 그렇게 나가면 안 된
다고 사과나 대파, 다시마 같은 걸 사 와서 소스 만드는 과정
을 꼭 찍어야 된다고 하는 거야. 그래서 내가 아침에 그걸 다
사 왔어. 근데 구지월이 그러면 안 된다고 우기잖아. 속이면

안 된다고. 너희들도 그렇게 생각해?

　　나와 은명은 서로의 얼굴을 돌아보았다. 은명은 그러면 안 된다고 말할 사람이었지만 선뜻 입을 열지 못했고 나도 마찬가지였다. 시판 소스라는 걸 손님들이 알아선 안 될 것이다. 은명과 나는 앞다투어 언니에게 물었다. 누가 여길 맛집이라고 한 거야? 언니가 신청한 거야? 돈 주고 부른 거야? 언니는 아니라고 했다. 한적하고 아름다운 해변에 자리한 언니의 아담한 국수 가게를 화면에 담고 싶어서 찾아온 것 같다고 말했다.

　　가게로 들어서자마자 언니는 구지월을 본체만체하더니 주방으로 들어갔다. 곧바로 불을 켜고 덕트를 작동시키고 화구 위에 커다란 냄비를 올려놓았다. 그러자 팔짱을 끼고 언니를 지켜보던 구지월이 한숨을 내쉬며 냉장고 문을 열더니 각종 식재료를 꺼내어 개수대로 옮겼다. 묵묵히 움직이는 두 사람을 바라보다가 은명과 나는 홀을 정리했다. 바닥을 쓸고, 행주로 식탁을 훔치고, 메뉴판과 수저통을 깔끔하게 재배치하고, 캔 음료를 정리했다. 마침내 촬영 팀이 들이닥쳤을 때 은명과 나는 홀 한구석에 서서 언니가 거짓말하는 광경을 지켜보았다. 카메라를 든 남자가 물었다. 사장님, 이 소스 비법이 뭐예요? 사과와 다시마, 북어 따위를 잔뜩 넣은 미지의 액체를 팔팔 끓이고 있던 언니는 수줍게 웃으며 영업 비밀이에요, 라고 말했다. 나는 나도 모르게 구지월의 표정을 살폈다.

촬영 팀이 장비를 챙겨 떠나자마자 언니는 홀 의자에 털썩 앉았다. 그리고 턱을 괸 채로 허공을 쳐다보다가 은명을 돌아보며 물었다.

넌 갑자기 왜 온 거야?

은명은 언니의 시선을 피하며 말했다.

그냥…….

나는 입을 굳게 다물었다. 언니가 알아야 할까. 확실한 결과가 나올 때까진 몰라도 될까. 길게 생각할 것도 없이 후자를 택했다. 은명을 걱정하느라 언니의 두통이 재발한다면 언니는 제주도가 아니라 다른 나라 섬으로 가야 할지도 모른다. 가족도 자주 보기 힘든 먼 곳으로.

술이나 사줘.

은명의 말에 언니는 튕겨지듯 벌떡 일어나더니 앞치마와 두건을 벗었다. 주방에서 혼자 정리를 마치고 나온 구지월의 양 볼을 언니가 장난스럽게 잡아 늘였을 때, 나는 두 사람의 교전이 싱겁게 끝났음을 알아챘다.

언니가 우리를 데려간 곳은 해안 도로 근처에 자리한 해녀의 집이었다. 제주도엔 해녀의 집이라는 상호를 가진 가게가 무척 많은데, 아니나 다를까 그곳 역시 해녀의 집이었다. 언니는 모둠해물과 성게미역국, 전복죽을 주문했고 우리는

한라산을 잔에 따라서 건배했다. 은명은 밑반찬으로 나온 물
미역을 초장에 찍어 먹으며 서울에선 왜 이 맛이 안 나는지,
고작 물미역일 뿐인데 왜 이렇게 큰 감동이 밀려오는지 따위
에 대해 길게 말하다가 문득 구지월을 빤히 쳐다보더니 호구
조사를 시작했다. 그러나 구지월은 대답을 하는 둥 마는 둥 하
다가 은명 씨는 궁금한 게 참 많으시네요, 하고 방어막을 쳤
다. 누가 듣더라도 그만 좀 물으라는 말이었지만 은명은 개의
치 않고 서울에선 무슨 일을 했는지, 고향은 어딘지, 언니가
월급을 줄 리가 없는데 어떻게 먹고사는지를 물었다. 죄다 선
을 넘는 말이었다. 한라산이 쭉쭉 줄어들었고, 언니는 은명에
게 그만 좀 해, 라고 말하더니 구지월의 손을 꼬옥 잡았다.

　　은명은 그걸 보더니 고개를 돌렸다. 구지월이 언니의 피
를 쪽쪽 빨아 먹는 거머리 같은 인간이라고 생각하는 건 아닐
것이다. 은명은 그런 서사에 관심이 없었다. 은명이 언니를 걱
정하는 이유는 자신이 처한 상황 때문일 것이다. 아프니까 오
지랖이 넓어진 거지. 나는 그렇게 생각하다가 아프니까, 라고
전제한 나에게 놀랐다. 아프다니. 아직 결과도 모르는데 아프
다고 단정 짓다니. 그런 생각 때문에 정말로 은명이 아플까 봐
나는 서둘러 생각을 지웠다. 지우려고 노력했다. 그러나 노력
해도 자꾸만 떠올랐다. 은명이 아플 수도 있어. 암일 수도 있
어. 근데 은서 언니는 저렇게 행복하네.

언니에게 사실을 알려서 다 같이 슬퍼할 수도 있을 것이나 그런 광경을 은명과 나는 원하지 않았다. 은명은 언니에게 암울한 소식을 전할 때에도 유머를 섞어서 말할 것이고, 혼자 있을 땐 눈물을 쏟더라도 우리 앞에선 그러지 않을 거라고 생각했는데…… 술잔을 기울이던 은명이 갑자기 손등으로 눈물을 닦아냈다. 언니가 깜짝 놀라서 왜 우는지 물었고, 은명은 울먹거리며 지구가 너무 불쌍하다고 뜬금없는 말을 하더니 엉엉 울기 시작했다. 나는 냅킨을 뽑아서 은명의 눈물을 막듯이 닦아냈다. 구지월이 의자에서 벌떡 일어나더니 안절부절못한 표정을 짓다가 은명의 울음이 서서히 잦아들자 말했다.

저 때문에 운 거죠? 의심스러워서.

우리는 아무도 웃지 않았다. 은명은 탈진한 사람처럼 허공을 쳐다보다가 마침내 구지월에게 물었다.

MBTI가 뭐예요?

네?

대답해 봐요. 뭐예요.

……인프제인데요.

구지월의 말에 은명은 나를 돌아보았고, 너랑 똑같다고 외치더니 어쩐지 안도하는 표정을 지었다. 은명답지 않은 모습에 나는 웃음이 터졌다. MBTI 따위 믿지도 않으면서 안도하다니. 안 믿는 거 너무 잘 아는데.

언니가 구지월의 어깨에 손을 얹으며 말했다.

애는 인프제의 전형이야. 어떤 사람한테 끌리냐고 물었더니 뭐라고 답했는지 알아? 소울메이트래. 내가 속으로 얼마나 웃었는지 몰라.

구지월이 놀란 표정으로 물었다.

그게 왜 웃겨?

소울메이트라니 너무 촌스럽잖아.

언니는 그렇게 말하며 큰 소리로 웃었다. 구지월은 웃지 않았다. 나 역시 웃지 않았다. 우리 인프제들은 정말로 소울메이트를 원한단 말이야. 구지월과 나는 그런 표정으로 과묵하게 앉아 있었다. 언니가 연이어 말했다.

예전엔 성격을 혈액형으로 분류했잖아. 4개밖에 안 되던 게 이젠 16개가 된 거야. 다 외우지도 못해. 근데 간단한 규칙이 있잖아. 대표적인 게 E냐 I냐. P냐 J냐. 이 두 가지로 사람을 구별하더라. 명확한 이분법이야.

그게 쉽지. 골치도 안 아프고.

은명의 말에 언니는 고개를 천천히 끄덕였다.

나도 예전엔 그렇게 살았어. 근데 결국 여기로 도망쳤잖아. 이젠 둘 중 하나를 택하라고 하면 둘 다 안 할래요, 그런 마음으로 살아. 근데 오늘은 그렇게 못 했네.

언니는 뒤늦게 피디의 지시를 따른 것을 후회했다. 진실을 말하느냐 감추느냐, 그 이분법의 세계에 빠지고 말았다고. 세 번째 선택지를 찾아냈어야 하는데 그러지 못해서 자괴감을 느낀다고.

구지월이 언니의 어깨를 다독이다가 생각에 잠긴 얼굴로 말했다.

나는 MBTI가 뭔지 묻는 사람을 볼 때마다 나를 궁금해하는 건지 아닌지 모르겠단 생각이 들어. 진심으로 나를 알고 싶어 하는 마음보다 유튜브 쇼츠 보듯 지나가면서 짧게 파악하고 싶은 게 아닐까?

나는 고개를 끄덕였다. 우리는 누군가에게 읽힐 밋밋한 텍스트로 취급받고 있는 건지도 모른다. 나라는 사람의 두께가 얄팍해지는 기분은 씁쓸할 수밖에 없다. 나는 살면서 주목을 받아본 적이 거의 없었지만, 누군가 나에게 MBTI가 뭐냐고 묻는 순간엔 부담스러울 정도로 과하게 주목받는 기분이 들었다. 그때마다 내가 종이비행기가 된 것 같았다. 원리에 맞게 착착 접혀서 허공을 향해 던져지는 종이비행기. 모두가 우와, 하고 외치며 눈길로 좇지만 이내 운동장 바닥으로 추락하고 마는 종이비행기. 다들 흥미를 잃고 그냥 떠나버려서 운동장 바닥에 버려진 채로 바람이 불 때마다 까딱거리며 흔들리는 종이비행기. 날리려고 했고, 날았고, 이젠 땅에 떨어졌으니 툭툭 털고 일어나 집으로 가야 할 것 같은 종이비행기. 누군가 나를 알고 싶어 하는 마음이 MBTI로 발현될 땐 이렇게 속절없이 종이비행기가 된 기분이다.

언니가 우리의 잔에 술을 따라주며 말했다.

그래도 나는 MBTI가 좋아. 누군가를 알고 싶은 마음이라니 기특하고 귀엽잖아.

우리는 잠깐 동안 생각에 잠겼다. 정말로 그런가, 귀엽게 봐야 하는 것인가, 하고.

동생인데도 난 너를 잘 모르겠어. 다람쥐같이 쪼그만 게 무슨 일을 그렇게 많이 하고 다니는지…….

술기운이 오른 언니의 낯간지러운 말에 은명은 뜻밖이라는 듯 눈을 동그랗게 떴다. 언니가 은명을 바라보는 눈빛엔 다정함이 가득했다. 외동인 나는 질투가 날 정도로.

다들 말수가 점점 줄어들었다. 나는 의자에서 일어나며 은명에게 산책을 다녀오자고 말했다. 은명은 순순히 자리에서 일어났다.

어느새 해가 졌고, 가로등 없는 해변은 몹시 어두웠다. 우리는 몽골에 대항해 주민들이 쌓았다는 축성 옆을 걸었다. 군데군데 무너진 축성은 이제 지켜내기 위함이 아니라 무너지기 위해 그곳에 있는 것 같았다. 밤바다의 파도 소리가 귓가로 밀어닥쳤다. 새까만 현무암 위에 붉은색 불빛이 날아다녔다. 획획 빠르게. 우리는 한참 동안 그것을 관찰한 뒤에야 낚

시꾼들이 던지는 미끼라는 걸 깨달았다. 은명이 말했다.

　내가 누굴 걱정할 때가 아닌데 언니는 걱정돼. 인프제면 너랑 비슷한 사람이겠지?

　구지월? 그건 모르지.

　다를 수도 있다는 거야?

　나는 아무런 대답도 하지 않다가 속으로 답했다. 다를 수도 있지. 당연히.

　우리는 해변의 끝까지 걸었고 그곳에서 목조로 지은 아담한 술집을 발견했다. 주광색 등을 켜놓아 따듯한 기운이 감도는 가게의 이름은 '만조'였다. 술이 잘 들어가는 집이란 걸 직감적으로 알 수 있었다. 만일 서울로 돌아가는 비행기 시각이 임박했을 때 만조를 발견했더라면, 항공사에 전화해 티켓을 교환해 달라고 요청했을지도 모른다며 우리는 상상의 나래를 펼쳤다. 웃을 일이 필요했고, 웃고 싶었다.

　항공사에 전화를 걸어서 이렇게 말하는 거야. 제 얘기 좀 들어보세요. 제가 지금 비행기를 타야 하는데 만조를 발견했거든요. 만조요? 네, 그 술집 아시죠? 기막힌. 그러면 상대는 갑자기 침묵해. 만조를 알거든. 그가 말해. 잠시만요. 그리고 윗사람한테 보고하는 거지. 비행기를 타야 하는데 만조를 지금 발견했다는데요? 그럼 윗사람이 심각한 표정으로 수화기를 들어. 만조를 지금 발견하셨다고요? 네, 지금 봤어요. 윗사람은 한숨을 내쉬고, 잠시만요, 하더니 더 윗사람을 찾아가. 그리고 상황을 설명하지. 그러자 더 윗사람이 심각한 표정으로 수화기를 들어. 만조를 지금 발견하셨다고요? 네, 어쩌죠. 저는 여기서 꼭 술을 마셔야 할 것 같아요. 지금 아니면 안 될 것 같아요. 아닙니다. 알아요. 그런 마음이 들겠죠. 그런데 어쩌다 만조를 지금 발견하신 거예요? 너무 안타까운 일이네요. 서울로 돌아가서도 계속 생각이 날 텐데…… 고객님, 그냥 접으시면 안 될까요? 뭐를요? 만조를 알고 싶은 마음을요.

은명과 나는 웃음을 터뜨리며 진지하게 연기했다. 말도 안 되는 상황극은 해녀의 집으로 돌아올 때까지 계속되었다. 우리가 깔깔거리며 나타나자 은서 언니가 무슨 일인지 물었지만, 우리는 대꾸 없이 자리에 앉았다. 언니에게 설명할 수가 없었다. 처음 보는 어떤 공간이 우리에게 맞춤한 장소라는 걸 깨달았을 때의 안도감과 슬픔에 대하여.

웃음이 파도처럼 천천히 밀려나갔다.

＊

은명이 검사를 받으러 간 날, 나는 아버지의 집으로 갔다. 때마침 아버지가 밤을 잔뜩 삶았다며 연락했고, 혼자 있기 싫었던 나는 부리나케 집을 나섰다.

비상 아래 참조

사

이서수

병원에 함께 가주겠다고 말했지만 은명은 거절했다. 3차 병원이라 안 그래도 무척 복잡할 텐데 나까지 올 필요 없다고 잘라 말하는 은명에게 앞으로 50년 동안은 큰 병원에 갈 때 같이 가주는 친구가 되어주겠다고 말했다. 은명은 웃으며 뒤늦게 알았다고 답했다. 하지만 오늘은 혼자 가고 싶다고 우겼다. 아마도 울까 봐, 나에게 그런 모습을 보여준 적이 없으니 창피하기도 해서 어떻게든 나를 떼어놓고 가려는 것 같았다. 내가 그렇게 말하자 은명은 마음을 바꾸었고, 검사 결과가 나오려면 일주일은 더 기다려야 한다며 그때 같이 가달라고 말했다. 그 순간 나는 은명과 내가 서로에게 묶인 존재가 되리라는 것을 예감했다. 은명에겐 은서 언니가 있었지만 언니는 은명의 상황을 까맣게 모르고 있었다. 그것이 언니를 보호하려는 은명의 선택이라는 걸 알면서도 나는 은명이 나에게 의지하는 것이 좋았다. 어떤 사람의 상황을 자세히 안다는 것, 그것만으로도 그가 나에게 의지하고 있는 상태라는 걸 이젠 안다. 알고 있다고 하여 뭔가를 해줄 수는 없더라도, 알고 있다는 것만으로도 작동되는 마음이 있다. 염려하는 마음, 간간이 떠올리며 기도하는 마음. 누군가 그렇게 해주면 상대는 무심결에 힘을 얻는다. 기운이 전해진다. 나는 은명을 걱정하고 은명을 위해 기도하는 시간을 보내며 그걸 깨달았다. 우리가 서로를 생각하고 염려하는 마음을 갖고 있는 것만으로도 때론 충분하다

166

고. 물론 나는 은명에게 내가 해줄 수 있는 최대치의 것을 해줄 수 있는 것을 해줄 것을 해줄 것을 해줄 것을 해줄 것을 해줄 것을 해줄 것을 해줄 것을 해줄 것을 해줄 것을 때가 있다고.

알고 있는 마음.

아버지는 내가 요즘 어떤 상태인지 알고 있었다. 은명의 소식을 전하지는 않았지만 아버지는 내가 남긴 밥을 보고 나의 상태를 짐작했다. 밥그릇을 싹싹 비우지 않고 식탁 앞을 떠나는 나를 의아한 눈길로 바라보곤 했으니까.

아버지는 밤을 한가득 삶아놓고 나를 기다리고 있었다. 우리는 식탁 앞에 마주 앉아 티스푼을 들고 절반으로 갈라놓은 밤을 열심히 파먹었다. 말없이 밤만 먹었다. 밤껍질이 수북하게 쌓여가고 밤 부스러기가 식탁 여기저기에 튀었다. 아버지는 그걸 검지로 끌어 모았다. 밤을 다 먹고 나니 배가 불러서 저녁밥은 건너뛰어야 할 것 같았다. 나는 은명의 연락을 기다리며 식탁을 행주로 훔쳤다.

설거지를 마친 아버지는 식탁 의자에 걸쳐놓은 점퍼를 입더니 운동을 하고 오겠다고 말했다. 나는 서둘러 아버지를 따라갔다. 혼자 있지 않으려고 기를 쓰며.

체육공원엔 운동하러 나온 주민들이 꽤 많았다. 운동장 트랙으로 들어선 아버지는 점점 보속을 높여 빠른 속도로 걷기 시작했다. 아버지의 뒤를 따라 나도 약간 빠르게 걸었다.

기린처럼 경중경중 앞서 걷던 아버지는 점점 속도를 늦추더니 나와 보속을 맞추었다. 나는 핸드폰을 손에 쥐고 은명의 연락을 기다리며 부지런히 다리를 움직였다. 아버지가 물었다.

면접 또 봤냐?

아니.

왜?

오라는 데가 없어.

학원을 가보든가.

무슨 학원?

MBTI 학원. 가서 정상으로 바꾸는 법을 배우면 되잖아.

아버지는 뭔가 단단히 오해하고 있는 것 같았다. 나는 그런 게 아니라고 설명했지만 아버지는 내가 비정상일 수도 있다는 의심을 끝내 지우지 않았다. 나는 짜증이 나서 아버지도 정상이 아니라고 말했고, 아버지는 뜻밖에도 반박하지 않았다.

근데 사람들이 그걸 왜 좋아하는 거냐?

……상대가 어떤 사람인지 빨리 알 수 있으니까.

빨리 알아서 뭐 하게?

시간을 아낄 수 있잖아.

다들 그 정도로 바쁘냐? 사람을 천천히 알아갈 시간도 없을 정도로?

아버지도 그렇게 살았잖아. 누굴 천천히 알아가면서 살

았어?

　내 말은 본의 아니게 뾰족하게 들렸다. 겸연쩍어진 나는 은명에게서 연락이 왔는지 핸드폰을 확인했지만 아직 아무런 연락이 없었다.

　너희 엄마는 어떤지 모르지?

　뭐를?

　MBTI.

　안 해봤으니까 모르지. 궁금해?

　아버지는 궁금하다고 답하지 않았다. 그러나 표정에 빤히 드러났다. 이제 와서 엄마를 알고 싶어 하는 아버지의 마음이.

　엄마가 우릴 떠난 이유를 납득한 사람은 아무도 없었다. 그러나 엄마는 우리가 이해하거나 말거나 자신의 결정을 실행했다. 나는 엄마가 나를 힘껏 밀어냈다는 걸 알면서도 엄마를 미워하지 않았다. 엄마도 힘들었을 거야. 한 번도 자기 삶을 살아본 적이 없다는 엄마의 말을 나는 이해하려고 노력했다. 마침내 이해한 것도 같았다. 그러나 내 곁에 남아 있는 아버지를 이해하지 못하는 이유는 도대체 뭘까. 아버지는 자기 삶을 살았다고 생각하는 걸까. 아버지가 그렇게 생각하니 그런 걸까. 엄마가 생각하는 자기 삶은 무엇이었을까. 아버지와 엄마의 MBTI는 상극일까. 아버지를 먼저 테스트하고, 엄마를 테스트해 볼까. 그러면 두 사람의 헤어짐이 확실히 납득할

만한 일로 느껴지려나. 말도 안 되는 소리라는 걸 알면서도 나
는 엄마가 외향성인 E인지 내향성인 I인지 가늠해 보았다. 엄
마는 대부분의 시간을 I로 살았지만 어느 한 순간에만 E였다.
우리를 떠나던 순간에만. 너무나 강렬한 순간이었기에 엄마
가 오로지 그 순간에만 E가 되었더라도, 명백히 E인 사람이라
고 봐야 할 것 같았다.

먹이를 발견한 백로처럼 속도를 높여 성큼성큼 걷는 아
버지의 뒤통수를 바라보며 걷고 있으니 핸드폰이 진동했다.
서둘러 전화를 받았다. 은명의 목소리가 들렸다. 나는 그 목소
리에서 슬픔 혹은 기쁨의 기운을 감지해 보려고 촉수를 곤두
세웠다. 마침내 은명이 입을 열었다.

—너 어디야?

나는 운동장을 걷고 있다고 답했고, 은명은 잠시 말이 없
다가 의사가 해준 말을 천천히 전해주었다. 나는 흐르는 눈물
을 손등으로 닦아내며 트랙 밖으로 벗어났다. 그리고 운동화
앞코로 모래를 툭툭 차며 울지 않은 척 태연함을 가장하고 물
었다.

언제 와?

은명은 집으로 가는 길이라고 답했다. 집에 가서 씻고 연

락할 테니 만나자고. 나는 지금 당장 너희 동네로 가겠다고 말했다. 잠시 말이 없던 은명은 그럼 만조 같은 술집을 찾아보자고 했다. 도저히 그냥 지나칠 수 없는 노포에 가서 술을 마시자고. 나는 흔쾌히 그러자고 말했다.

　　운동장의 수많은 모래알이 나의 머릿속을 가로지르던 수많은 상념 같았다. 그토록 많이 고민하고 힘든 마음을 견디다 드디어 은명이 괜찮을 거라는 말을 들었다. 시간 간격을 두고 주의 깊게 살펴야 하지만 당장은 괜찮다고 했다. 그런 말을 들을 수 있어서 고마웠다. 누구에게 고마운 건지도 모르면서 고마웠다. 결국 나는 은명에게 고맙다고 말했다. 은명은 잠깐 동안 침묵하다가 말했다.

　　—이제부터 정말 잘 살아야지.

　　나는 그 말이 좀 이상하다고 생각했다.

　　네가 이제까지 잘못 산 게 뭐가 있어.

　　내 말에 은명은 그건 그래, 라고 대꾸하더니 계속 살던 대로 살아야겠다고 말했다. 그 말은 나를 안심하게 했다. 사람은 뭔가를 잘못해서 아픈 게 아니다.

　　전화를 끊고 마음을 진정시켰다. 시간이 다시 정상적인 속도로 흘렀다. 은명에게서 연락이 오기 전엔 한 시간이 하루 같았다. 모두 내게서 열 걸음씩 멀어지는 기분이 들어 손을 뻗어 힘껏 움켜쥘 자세를 취하고 있었다. 이젠 됐다. 내 곁에 있다. 지금 당장은, 있다.

숲길을 바쁘게 가로지르는 다람쥐 같은 은명. 나에게 자기가 저장해 놓은 도토리를 선뜻 건네주는 친구. 비좁은 동굴에서 겨울을 함께 보내도 서로에게 크게 질리지 않을 수 있고, 한바탕 싸우다 돌아누워 잠들어도 이불을 휙 끌어서 덮어줄 정도의 미움만 오가는 친구. 지금 당장은 내 곁에 있다. 비쩍 마르고 양 볼에 홍조가 있는 홍학 같은 나. 주는 것은 서툴고 받는 것은 미안해하면서도 늘 받기만 하는 나. 이제 조금씩 줘볼까 생각하면서도 역시 받기만 하는 편이 귀여울 것이라 멋대로 착각하며 가벼운 주머니 안의 먼지를 툭툭 터는 나. 지금 당장은 은명 곁에 있다.

우리가 서로를 알아가기 위해 쏟아부은 시간들. 나는 딱 그만한 크기의 사랑을 품고 있다. 이제 와서 놓쳐버리긴 아깝지. 툴툴대며 때로는 울기도 하며 지켜야지. 누군가를 빠르게 알기만 하는 것과 천천히 스며드는 사랑을 감각하는 것은 얼마나 다른 일인지 우리는 잘 알고 있다. 더 알고 싶은 마음을 굳이 지울 필요가 없다는 것도. 나는 운동장을 벗어나며 걸음을 재촉했다. 하늘에 도토리 모양의 구름이 두둥실 떠 있었다.

언제부턴가 **MBTI**에 대한 질문을 받는 일이 많아졌다. 나는 꿋꿋하게 검사를 안 하는 사람이었는데, 2022년의 어느 봄날에 충동적으로 테스트 링크에 접속했다.

나는 나를 잘 몰랐다. 계획 세우는 걸 좋아하지만 계획에 없던 일이 생겨도 기꺼이 반겼다. 싫어하는 타입의 사람이 정해져 있지만 때로는 그 사람이 자꾸만 떠올라서 내 마음을 진지하게 들여다보는 일도 있었다. 나는 내가 어떤 사람인지 알고 싶다는 충동과 더 이상 소외감을 느끼고 싶지 않다는 바람으로 **MBTI** 검사를 실시했고, 마침내 **INFJ**라는 결과를 얻었다.

놀랍지는 않았다. 설명을 읽어보니 수긍할 만한 것들이 많았다. 그때부터 나는 **MBTI** 유형을 묻는 질문에 맞혀보세요, 라고 말하며 사람들이 자주 즐기는 게임에 참여했다. 상대가 어떤 유형일지 가늠해 보기도 했고, 종종 의심하기도 했다. 저 사람이 왜 **I**일까? 아무리 봐도 **E** 같은데…… 그와 보낸 시간이 반나절이 채 되지 않았음에도 나는 그를 잘 안다고 크게 착각하기도 했다.

염려되는 것은 한 가지뿐이다. 우리가 서로를 알아가는 데 마땅히 들여야 할 시간을 빠르게 스킵하며 지나가는 건 아닌지. 그렇게 아낀 시간에 상대를 더 많이 배려하는 노력을 기울인다면 그나마 다행이지만 말이다.

MBTI에 대한 불신이 스멀스멀 피어오르는 것을 목격하는 작금에 이르러 나는 하나의 임시적인 결론을 내렸다. **MBTI**는 타인을 알고 싶은 마음이 담긴 귀여운 제스처로 생각하자고. 그러나 제스처는 제스처일 뿐 진심이 담긴 한마디는 될 수 없다. 그러니 우리는 서로를 알아가기 위해 많은 시간 동안 함께 있어봐야 한다. 바구니에 예쁜 도토리를 담아 들고 찾아가는 수고를 여러 차례 해봐야 한다. 도토리가 아까운 사람을 만나 툴툴거리며 집으로 돌아오더라도, 언젠가는 50년 동안 서로의 건강을 염려해 줄 사람을 만나게 될 수도 있으니까.

이서수   장편소설《당신의 4분 33초》,
《헬프 미 시스터》가 있다

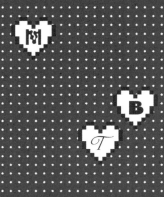

나 여기 있어

　　주희의 연락을 받은 건 4월 둘째 주였다. 오랜만에 모임 사람들과 다 같이 볼 건데 괜찮으면 오라고 했다. 보고 싶다고 했다. 우리 본 지 오래됐잖아. 보고 싶어요 언니. 그런 말을 들은 지 너무 오래된 것 같아 손바닥에서 땀이 배어났다. 나는 휴대폰을 들고 망연히 과거를 한번 생각해 보았다. 모임을 하던 때. 그런 때가 내게 있었다는 게 까마득해서. 모임원은 나를 포함해 네 명이었다. 주희, 현우, 솔아, 나. 모임은 격주에 한 번 이루어졌다. 처음 모임을 결성하자고 했던 것은 5월이었고, 한여름처럼 더워서 밤새워 맥주를 마시며 떠들다가 그 조합이 탄생한 거였는데 지금은 4월이다. 4월은 봄이 아닌가, 왜 이렇게 춥지, 혼자서 카디건을 두 개씩 껴입고 몸을 웅크리고 있다. 모임을 시작할 무렵 나는 서울에 있었는데, 지금 나는 모임에서 홀로 빠져나와 광주에 있다. 하지만 그게 다 무슨 상관인가? 마음만 먹으면 갈 수 있었다. 하지만 가지 않았다. 가지 않겠다고 했다. 조금만 더 나중에…… 나중에 모두들 보러 갈게. 그렇게 말했다. 그러나 나중이 있을까. 우리가 아무 사이도 아니게 되는 일은 너무 쉽다.

이해해요 언니, 라고 주희는 말했다. 그 목소리는 다정했다. 언니가 편해질 때 언제든 연락 줘요. 나는 주희가 좋았다. 나라면 절대로 '이해해요'라고 말하지 않을 것이지만, 내가 하지 않는 말을 진심으로 하는 사람이어서 좋았다. 돌이켜보면 주희는 언제나 그런 면이 있었다. 그러니까 '내가 당신을 이해한다고 말할 수는 없지만 당신의 의사를 존중해요'라고 말하지 않고 오롯이 '이해해요'라고 말했다. 그런 말을 하지 않는 사람(심지어 그런 말을 하지 않겠다고 선언하는 사람)과 그런 말을 하는 사람 사이에는 메울 수 없는 구덩이가 파여 있을 것이다. 아니 그냥 그 자체로 다른 땅덩이겠지. 서로가 다른 모양을 보여줄 때, 우리는 누군가를 이해할 수 없고 단지 존중할 뿐이라는 말을 처음부터 끝까지 다 하는 유형의 사람은 현우였다. 나는 그런 사람들을 꼬인 사람이라고 불렀다. 굳이 자신이 믿는 가정까지 입 밖으로 꺼내는 사람. 그게 중요한 줄 아는 사람. 말하자면 주희는 꼬이지 않은 사람이었고 현우는 꼬인 사람이었다.

그렇다면 솔아는. 솔아는 어떤 사람인가. 솔아는 주희처럼 전화를 걸지 않는 사람. 자기를 보러 오라고도, 못 간다는 말에 이해한다고도 하지 않을 사람. 아무것도 묻지 않는 사람.

묻게 된다 해도 나중에, 라고 말하는 내 말에 그저 음, 했을 것이다. 음. 알았어요. 그리고 입을 꾹 다물 것이다. 할 말이 남았다는 표정을 짓겠지만 휴대폰 너머의 나에게는 보이지 않을 것이다. 그러나 내가 가장 이해를 바라는 사람. 솔아가 묻기 전에, 내가요 무슨 일이 있었냐면요 그게 아니라요, 하고 말하고 싶은 사람. 그것이 솔아다.

주희와 현우, 그리고 솔아와 함께했던 모임은 쓰기 모임이었다. 우리는 쓰는 것을 각자 알아서 규정했고 가끔 성실한 모임원답게 주희가 정리해 줄 때가 있었다. 나는 시를 많이 쓰고 솔아 언니는 거의 독서 기록이고 현우 오빠는 비평……(그걸 비평이라고 쳐줄지 말지 고민하는 것 같았다) 지원 언니는 에세이. 에세이? 나는 한번 웃고 그냥 일기라고 말했다. 뒤따라 솔아가 억울하다는 표정을 지으며 말했다. 야아, 나도 에세이야. 그렇게 말하는 솔아를 보고 다들 웃었다. 알았어 알았어, 하고 달래주는 척하며 놀리기도 했다. 다들 솔아를 좋아했던 것 같다. 그게 솔아에게 중요했는지는 모르겠지만.

솔아가 누구라고는 말할 수 없지만 다른 것들은 말할 수 있다. 솔아는 처음 만났을 때는 단발이었고, 만나는 동안 머리가 점점 길었는데 다시 단발로 자르지 않고 펌을 했다. 어깨 아래에서 갈색의 머리가 곱슬거렸다. 솔아는 어느 계절이고 가리지 않고 입술을 빨갛게 칠하는 걸 좋아했다. 촌스럽게 생겼으면서 또 진한 빨강을 좋아하네, 그렇게 생각했던 기억이 난다. 묘하게 촌스러운데 또 그게 잘 어울렸다. 그게 솔아. 키는 작고 얼굴은 동그렸는데 목소리가 탄산 같았다. 탄산 방울이 터지는 것처럼 톡톡 귓가에 꽂히는 마디들이 있었다. 허스키하면서도 또렷한 목소리. 모이면서 퍼지는 목소리. 말투엔 발랄하다고 느껴지는 리듬이 있었고 그 리듬처럼 몸을 움직였다. 동그랗고 통통 튀는 사람. 길쭉하고 흐릿한 나와 함께 있으면 재미있겠다는 생각을, 처음 보자마자 했었다. 그것이 내 눈에 비친 솔아들.

　　모임을 하며 알게 된 솔아의 성격이나 습관도 있다. 주희의 말대로 솔아의 글은 거의 독서 기록이었고 가끔 정말로 좋았다고 읽은 책을 함께 올려놓기도 했다. 솔아가 책을 차라락 펼쳐서 보여줄 때면 안 접은 부분보다 접은 부분들이 많아 보였다. 그런 것도 재밌었지만 또 하나 재밌던 건 솔아가 책 모서리를 접는 방식이었다. 솔아는 책을 아무렇게나 접었다. 크고 작고 들쭉날쭉. 반듯하게 각을 맞춰 접지도 않았다. 기억하고 싶은 구절이 본문 중간을 기준으로 위쪽에 위치하면 위 모서리를 접었고 아래에 위치하면 아래 모서리를 접었다. 그런데 줄 긋고 싶은 부분이 길고 본문 중간에 위치한다면? 그때 솔아는 아무 데나 접었다. 내키는 곳을 접었다. 그런 작은 부분에서만 마음대로 했다. 그 외에 솔아는 대체로 함께 있는 사람들의 의견에 따랐다. 굽신댄다거나 자신감이 없는 느낌이 아니라 배려를 받는 사람이 받는지도 모르는 사이에 배려를 하는 느낌이었다. 그것이 솔아의 진심. 나는 누구보다 그 진심을 자주 받은 사람일 것이다.

그런데 왜 나는 솔아에게 말할 수 없었나. 나에게 효진이라는 친구가 있고 여름이 가고 효진이 왔다는 말을. 가을이 오고 효진과 함께 지냈다는 말을. 겨울이 깊어지는 동안, 그 추운 날들 동안 효진이 죽지 않고 살아 있었다는 말을. 그가 죽을까 봐 너무나 무섭다는 말을 왜 하지 못했을까.

효진이 온 것은 여름의 더운 바람이 차가워지던 때. 효진은 평택에서 왔다. 힘없는 몸과 정신을 추슬러 내게 오는 데 거의 한 달이 걸렸다. 그렇게 오는 효진을 모른 척할 수 있었을까? 애초에 걸려 오는 전화를 무시했더라면? 모르는 번호를 마음 편히 거절할 수 있는 사람이 있을까? 적어도 내 주위엔 없는 것 같았다. 외주 일러스트레이터인 주희도 언제 어디서 일 연락이 올지 모르니 모르는 번호라도 매번 받는다고 했다. 나도 그랬다. 예약 문의는 카톡으로, 라고 써놓았지만 언제고 어떻게고 휴대폰 번호로 전화가 왔다. 아주 오래전 카톡 예약 문의 시스템을 구비하기 전 개인 번호로 예약을 받았을 때 다녀갔던 손님의 친구, 손님의 친구의 친구, 그 친구의 친구들일 것이다. 나는 일을 해야 했고 모르는 번호들을 무시할 수가 없었다. 모르는 번호로 걸려 온 전화를 열 번 받으면 대략 네 번은 예약 상담이고 세 번은 카드 회사고 두 번은 우체국 택배, 한 번은 말없이 끊는 전화였다.

지난해 여름 어느 늦은 밤 모르는 번호로 걸려 온 전화를 받았는데 한동안 말이 없어서 또 어떤 변태 범죄자인가 싶었는데 효진이었다.

나야, 지원아. 나 효진이야.

그렇게 말하고 또 한참을 말이 없었다. 바람이 씽씽 나부끼는 곳에 있는지 숨소리와 바람 소리가 섞여 들렸다. 나는 언제고 효진을 이해해 본 적이 없다. 왜 그러는지 몰랐고 왜 그러는지 몰라서 자꾸만 화가 났다, 효진에게는. 그날도 그랬다. 왜 그래, 또. 왜 또 그래 효진아. 그렇게 물었는데 아마도 짜증이 묻어났겠지. 그걸 효진도 들었겠지. 효진은 모르는 아파트 옥상이라고 했다.

나 여기 청소년상담센터에서 일했는데 몇 달 전부터 다시 좀 안 좋아져서 그만두고 집에만 있었거든.

효진은 평택의 전문대에서 청소년 심리 상담을 전공했다. 관련된 일을 구해 몇 달씩 일했지만 언제나 몇 달 만에 그만두었고 그러고 나면 집에서 나오지 않는 기간이 있었다. 잠잠하던 집에 아빠가 들어왔고, 아주 오랜만에 들어오자 집에 있는 꼴 보기 싫은 것에 대고 투덜거리기 시작했고, 그게 바로 효진이었고, 자기가 말하는 효진의 꼴 보기 싫음을 자기가 듣고 점점 더 화가 났고 효진은 그걸 돋웠다. 그러다 결국 그가 발길질을 했다고 했다. 효진은 집에 내려가 있는 동안 아무런 운동도 하지 않았고 음식이라곤 쿠크다스나 웨하스 같은 것만 먹어댔기 때문에 근육과 살이 빠질 대로 빠진 상태였고 음식이나 운동은 몰라도 약만 제때 먹었다면 좀 나았으련만 가장 최악은 약을 먹지 않은 것이어서, 그때 그만 돌아버렸다고 했다. 호흡이 가빠지고 눈이 돌아가고, 심장이 목으로 튀어나올 것 같고 두 손은 카페인을 과다 복용했을 때처럼 떨리고. 그런 효진을 보고 효진의 아빠는 저 꼴을 보느니 차라리 자기가 죽겠다고 흉기가 될 만한 것을 찾아 온 집 안을 쿵쿵거렸다. 효진은 흐물흐물 일어서서 집 밖으로 나왔고 어두운 밤거리, 가로등도 비실비실해서 21세기 도시답지 않게 캄캄한 평택의 어느 거리를 걷다가 무작정 모르는 아파트의 계단을 올랐다. 잠기지 않는 수도꼭지처럼 눈에서 눈물이 줄줄 흐르고 그걸 소매로 닦다가 포기하며 25층을 올라 옥상에 서서 떨어지려고 했는데 막상 떨어지려니 세고 차가운 바람이 귀를 때려서 무섭고 무섭고 슬펐다.

그래서 전화했어.

나는 휴대폰을 꼭 쥐었다. 그게 효진인 것처럼. 지원아

너라면 어떻게 할래? 아무리 애써도 그 좁은 집, 세 명뿐인 가족에서 벗어날 수가 없는 기분이 들면. 지금 여기서 죽는다는 선택이 내가 살아서 할 수 있는 선택 중 가장 나은 선택인 것 같은 기분이 들면? 효진의 물음에 나는 아득해졌다. 그런 기분이 들었던 때는 이미 지나갔고, 나는 그걸 다행이라고 여기며 하루하루를 놓치지 않으려 애쓰는 중인데, 또 그런 생각을 해야 한다고? 하루 종일 아무것도 안 해도 손목 발목이 무거워서 식은땀을 흘리며 침대에서 일어나던 그때의 기분을 다시 생각하라고? 나는 거기에 있기 싫어. 그래서 더듬거렸다. 할 수 있는 말을 했다.

효진아 나는,

…….

나는 죽고 싶지 않아. 살고 싶어. 가능하면 잘 사는 쪽으로 살고 싶어. 뭐가 잘 안 돼도 그걸 잘 살았다고 믿는 방식으로.

……와.

효진은 진심으로 놀란 것 같았다.

진짜 놀랍다.

그래서……. 너도 안 죽었으면 좋겠어. 한번 다른 선택을 생각해 봐. 한 번만 도망쳐 봐. 서울로 와. 내 근처로 와. 나한테 전화해 놓고 죽지 마.

내 말에 효진은 웃었다. 나는 말을 마치고 울었다. 죽지 마 제발. 나한테 죽는다는 소리 하지 마. 네가 없으면 나 어떡하라고. 그런 뻔한 말을 했는데 오히려 그 뻔한 말에 효진의 목소리에 생기가 돌아온 것 같았다.

진짜 신기하다, 지원아. 그런 말 들을 줄 몰랐어. 네가 그렇게 말할 줄 몰랐어. 그래 죽는 것도 선택할 수 있지, 좆같은 세상 언제 가도 갈 텐데 내 의지로 가는 것도 나쁘지 않다고 말할 줄 알았어. 좀 놀랐는데, 듣기 좋네. 고마워. 예상도 못 했는데 예상보다 더 좋아.

그때 나는 내가 효진을 구할 수 있을 줄 알았다. 효진이 내려왔으므로. 코를 훌쩍이는 소리와 아파트 계단을 내려가는 타박타박 소리가 번갈아 들렸고 내 심장박동도 다시 평상시처럼 돌아왔으므로. 내가 전화를 끊지 않으면 효진의 손을 놓지 않는 것이 될 줄 알았다.

너는 대단해.

효진이 말했다. 대답하고 싶지 않았다. 뭐가 대단해, 그냥 하면 되는데 뭐가 또 나는 대단하고 너는 절대 못 하고 그딴 소리나 하려고 밑밥 깔지 마, 하고 오래 묵은 화를 내게 될 것 같았다.

나도 너처럼 할 수 있을까, 지원아? 다 끊고 혼자서 살 수 있을까?

나는 그럼, 하고 힘없이 대답했다. 실은 몰라, 하고 대답하고 싶었다. 몰라. 너 그렇게 말하고 또 거기 뭉개고 앉을 거잖아. 하지만 이제 와서 생각해 보면 내가 효진에 대해 알고 있던 것은 다 틀렸다. 시간이 지나고 모든 게 희미해지고 단지 그 사실만을 확인할 수 있었다.

여름이 지나갈 무렵 전화가 걸려 오고 이제는 모르는 번호가 아닌 '효진'이라고 저장한 이름이 뜨고 내가 효진아, 하고 전화를 받았을 때. 효진은 나 서울이야, 라고 대답했다.

*

효진과 나는 열네 살 때부터 알았다. 우리는 나란히 교복이 더러웠고 머리를 서로 잘라주어 쥐 파먹은 것 같은 앞머리를 하고 다녔다. 나란히 집이 비었고 1000원, 2000원을 모아 라면을 사 먹고 서로의 집에서 뒹굴거렸다. 효진은 나보다 돈이 없었는데 흡연자였으므로 담배는 빼앗아 피웠고 다른 친구들이 코인 노래방에 갈 때 괜히 묻어가곤 했다. 효진은 노래를 잘했다. 쥐 파먹은 앞머리를 하고, 지어낸 것 같은 바보스러운 표정을 하고. 노래를 좀 잘한다고 가수가 될 순 없고 효진이 뭐가 될까? 하고 궁금했고 실은 효진이 타투이스트가 될 줄 알았다. 실은 날라리 직업이라고 머릿속에 떠오르는 것들

중 아무거나 될 줄 알았다. 효진은 누가 봐도 날라리였으므로. 그런데 효진은 아무것도 되지 않았고……. 내가 됐다. 대학에 가야만 그 동네를 떠날 수 있었고 그래서 미대에 갔고 타투이스트가 되었다.

내 몸이 아니라 다른 사람 몸에 자국을 남기는 일은 이상하게 쾌감을 주었는데 그게 마냥 담백한 자아실현의 쾌감은 아님을 내가 가장 잘 알고 있었다. 나는 뭘 좀 남기고 싶구나. 계속해서 여기저기……. 그런데 그 뭔가가 실은 나인 것 같았다. 죽을 때까지 지워지지 않는 타투는 그걸 새긴 사람에게 오롯이 소중한 것이어야 하는데 나는 자꾸 거기에 나를 새겼다. 내가 있었다는 걸. 여기에도 내가 있어. 사람들 몸 구석구석에 있어. 그 감각만이 나를 위로했다. 그게 아니면, 그런 게 아니면 나는 나를 좀 허깨비 같다고 여겼다.

내가 그린 타투는 나만큼 복잡하고 불순했다. 뒤틀린 마음이면서 겁은 많아서 누군가를 해치지는 못하고, 그 꽉 막힌 욕구불만을 이런 쪽으로 푸는 것 같았다. 하지만 또 그 와중에 그림이 정말 좋기도 했고. 이렇게 섬세한 타투는 나만 할 수 있지, 하고 기세등등해지는 기분은 담백한 성취감을 주기도 했고. 복잡한 마음이 복잡해질수록 단순한 타투를 새겼다. 사람들이 좋아해 주었고 그러면 나를 좀 덜 허깨비처럼 여길 수 있었다. 꼬인 마음이 해소가 되자 내 몸에도 타투를 새길 수 있었다. 그전까지 나는 내 몸에는 타투 한 점 새기지 않은 타투이스트였다.

서울에 온 뒤 효진을 잊으려고 애썼다. 효진을 떠올리면 그 동네가 생각나니까. 효진의 전화 한 통이 이렇게 끈적하게 들러붙을 줄 몰랐다. 그걸 잊어버리고 싶어서 종이에 옮겨 적었다. 효진이 올라갔던 아파트가, 걸었던 밤거리가 어떻게 생겼을지 썼다. 그곳은 내가 아는 곳이어서 쓸 수 있었다. 평택의 더럽고 어두운 거리. 별일이 다 일어나고 아무 일도 일어나지 않는 거리. 언제든 강간을 당해 죽을 수 있지만 효진과 나는 운 좋게 죽지 않았다. 나는 내가 나고 자란 도시가 주는 커다란 불운의 기운을 애써 피해 서울로 온 것에 만족하고 감사하며 살았다. 삶에 대한 사랑과 삶에 대한 체념이 동시에 생겼다. 내가 우연히 살아남아 서울에까지 와서 나로서 가장 잘 살 수 있는 방법은 우연히 얻은 만족스러운 일상을 열심히 지키는 일. 돈을 벌고 청약을 넣고 전세금을 모아 마련한 작은 토분 같은 내 방, 내 일, 내 거리, 내 그림, 내 애인, 내 친구들을 지키는 일이다. 그 안에서 모든 것을 하고 그 안에서 모든 것을 느낄 거라고, 서울에 상경하여 마련한 작은 내 자리에 나를 끼워 맞추며 다짐했다. 나는 서울 어딘가에 살고 있으며 그 운에 만족하고 있지만 효진은 그걸로는 안 돼서, 혹은 운보다 더 큰 복이, 힘이 필요한데 그것이 없어서 스스로 죽겠다고 말한다.

효진이 서울에 온 이후, 나의 집 근처에 보증금 500의 옥탑방을 구하고 거기서 사는 몇 개월 내내 나는 효진이 죽을까 봐 떨었다. 혹은 몇 개월보다 더. 그 이전부터 계속. 효진의 반경에서 떠날 수 없었고 요요처럼 효진의 곁으로 돌아갔다. 가끔 벗어난 듯해도 죄책감에 이끌려 제자리로 돌아왔다. 나의 자리. 효진의 옆자리. 나는 일주일에 서너 번씩 효진을 보러 갔다. 효진의 옥탑에서, 효진의 선풍기를 틀고, 효진과 빨래를 개고 효진이 좋아하는 뮤직비디오를 보았다. 효진이 우울하지 않기를 바라는 마음에, 아주 잠깐 웃길 바라는 마음에 괜히 '섹스밤' 같은 이름의 입욕제를 선물하기도 했다.

그때 내가 잊어야 할 것은 살아 있는 효진이었다. 일하는 중에도 애인을 만나다가도 솔아 주희 현우와 모임을 하다가도, 효진의 전화가 올까 봐 문득문득 놀랐다. 나는 그때부터 얇디얇아지기 시작했던 것 같다. 다시 허깨비처럼 희미해진 것이다. 아무도 나를 건드리지 않았는데도 신경이 곤두서 있었다. 효진이 전화해서 또 죽기 직전의 목소리로 죽는다는 말을 할까 봐. 혹은 반대로 죽지도 않을 거면서 또 뭐 때문에 누구 때문에 죽고 싶었다는 말을 할까 봐. 어느 쪽의 말도 듣기가 쉽지 않았다. 충분히 튼튼하고 두껍지도 않으면서 뾰족해진 친구를 품고 있느라 나는 건드리면 찢어질 것 같았는데, 이상하게 누가 그런 날 좀 건드려 줬으면 하는 마음도 품었던 것 같다. 이상한 마음. 효진 같은 마음. 누가 날 그냥 둬도 싫고 마음 써줘도 싫고 그냥 못나게 우그러진 마음.

그런데 마음 이야기를 하고 있으면 꼭 솔아가 된 것 같고 기분이 슬그머니 좋아지는 걸 느낀다. 아주 미세하게, 미세하지만 분명하게, 영하 40도에서 영하 38도 정도로 온도가 올라가는 느낌이다. 그건 솔아가 자주 쓰던 말이었다. 모임에, 내가 건전지나 문신 기계나 손님들이 예약 상담을 하며 적었던 문구들을 가지고 글을 써 가면 항상 그걸 마음으로 연결해 읽어주었다. 그래서 지원 씨 마음이 영 이상했겠네, 지원 씨는 그런 데 마음을 쓰는구나, 신기하다, 그렇게 말해주곤 했다. 효진에 대한 이야기는 하나도 쓰지 않았는데 이미 다 해버린 것 같았다. 그래서 더 입을 다물었나.

∗

그즈음 솔아에게는 이상한 일이 있었다. 팔목에 새겼던 타투가 감쪽같이 사라진 일이다. 내 경험은 물론이고 주변 타투이스트들에게도 들어본 적 없는 일이었다. 타투가 판박이 스티커도 아니고, 뭉개지고 번지고 희미해진 것도 아니고 스티커를 떼어내듯 그렇게 깔끔하고 흔적 없이 사라지는 일은.

그리고 그 사실에 내가 가장 충격을 받았다.

그건 내가 새겨준 타투였다. 솔아와는 언제나 모임이 시작하기 전 10, 20분 정도 먼저 와서 떠들곤 했는데, 어느 날 내가 장난삼아 그려본 타투 시안을 마음에 들어 했다. 코와 이마에 뿔이 있는 트리케라톱스 그림이었다. 엄지손톱만 한 크기의 작은 공룡. 얼렁뚱땅 그린 그림이라 마음이 쓰여 몇 번이고 첫 타투인데 이런 낙서 같은 걸로 괜찮겠어요? 하고 물었는데 솔아는 물으면 물을수록 단호하게 대답했다.

네, 너무 좋아요. 뿔이 있잖아요.

그렇게 말하는 솔아가 좋았다. 단단해지고 싶구나. 솔아는 타투를 무척 마음에 들어 했고 피망이라고 이름도 붙여주었다. 이후로 우리가 부쩍 가까워졌다는 걸, 솔아도 나도 느꼈다.

유순하고 기대에 가득 찬 솔아의 눈을 기억한다. 솔아가 모임에서 나머지 두 사람보다 나를 더 좋아한다는 걸 알 수밖에 없었다. 그 마음에 몰두하고 있는 것을 눈치챌 수밖에 없었다. 그러나 가끔 그 마음에 어깃장을 놓고 싶기도 했다. 너는 삶이 편하잖아. 누군가를 좋아하고 누군가가 널 좋아하는 일 외에는 걱정이 없지. 그리고 나는 그런 솔아와 다르다고 생각했다. 어울리지 않아. 이해받지 못할 거야. 효진과의 관계가 오래 지속될 수 있었던 건 정확히 그 반대였다. 효진은 나와 비슷했다. 우울의 기미, 삶이 꼬인 정도. 방관자적으로 보이기

쉬우나 실은 수동공격적인 태도.

솔아의 타투가, 피망이가 사라진 걸 처음 발견한 건 나였
다. 한창 효진 생각에 머리가 조여올 정도로 신경을 쓰고 있었
으므로 잘못 본 줄 알았다. 셔츠를 걷어 올린 솔아의 팔을 몇
번이나 다시 봤는데도 안쪽이 매끈했다. 솔아에게 피망이가
사라졌다는 말을 꺼내기 전까지, 모임 내내 나는 불행의 기미
에 휩싸여 가고 있었다. 일이 잘못되어 가고 있다는 느낌을 받
을 때의 익숙한 슬픔이 서서히 들어찼다. 솔아의 팔에 작은 공
룡을 새겨 넣던 짧은 순간을 잊을 수 없다. 잊지 않는다. 타투
를 새기기 시작한 이후 아주 오랜만에 다시 나를 담아 새겼기
때문이다. 솔아 씨 이거 나야. 나 여기 있어. 여기에도 내가 조
금 있어. 솔아 씨 팔에도. 그런 마음으로 새겼다. 혹시 나 때문
에 사라진 걸까. 내가 희미해진 만큼 피망이도 희미해지다가
결국 사라진 거야. 내가 허깨비인 걸 솔아에게도 들킨 것이다.

모임이 진행되는 두 시간 동안 솔아의 팔에서 내가 그려
준 작은 공룡이 감쪽같이 사라졌다는 걸 천천히 인정했고, 내
얇디얇은 마음 어딘가가 찢어졌다. 찢어진 틈으로 고였던 절
망이 흘러나와서, 나는 솔아를 공격했다. 솔아가 상처받을 걸
알고 있었다. 솔아가 나를 보는 만큼 나도 솔아를 보니까. 무
엇이 가장 무신경하게 그를 긁을 수 있는지, 상처 낼 수 있는
지 나는 알았다. 나는 하얀 솔아의 팔을 가리키며 말했다.

솔아 씨, 피망이 없어진 거 아니에요?

그 말에 솔아는 뭔가를 저도 모르게 꿀꺽 삼킨 듯 놀란 표정이었다. 팔뚝을 더듬어 피망이 자리가 비어 있는 걸 확인한 솔아의 얼굴을 기억한다. 그 잠깐 사이에, 0.1초 만에 솔아의 얼굴에는 들키고 싶지 않은 걸 들킨 표정, 실망시키고 싶지 않은 사람을 실망시킨 표정, 모든 걸 되돌릴 수 없다는 걸 알아버린 절망의 표정이 스쳐갔다. 그 외에도 수많은 복잡한 표정을 읽을 수 있었는데 이미 꼬일 대로 꼬여 있던 나를 터뜨린 건 어쩐지, 나의 용서를 바라는 듯한 표정이었다. 갑자기 내가 준 상처를 그대로 받아버리는 저 사람이 너무 연약하고 사랑스러워서, 미안하고 짜증이 났다. 슬픔이 저 배꼽 밑부터 순식간에 차올라 눈 밑까지 도달했을 때. 차라리 그때 울었어야 했나? 솔아 씨, 피망이가 사라진 건 커다란 불행 같아요. 저는 그런 게 너무 무서워요. 내 발밑에서 보이지 않게 흐르는 불운 같은 것들이요. 내가 새로 채워 넣은 나를 다 빼앗아 갈 것 같은 예감이요. 그런 고백을 하며 펑펑 울었다면 어땠을까.

그러나 나는 울지 않았고 비열하게 웃어버렸다.

솔아 씨, 지금 표정 너무 웃겨!

내 말에 솔아는 표정을 다시 걸어 잠갔고 나 역시 조금은 이성을 차려 무마하기 위해 애썼다. 솔아를 달래주거나 사라진 피망이에 대해 원래 우리가 하던 대로 친밀한 대화를 나누려고 해보았다. 그러나 입이 벌어지지 않았다. 스스로에 대한 부끄러움은 입을 막아버렸다. 묻고 싶은 게 많았는데. 어디로 간 걸까요? 집 벽 같은 데에 옮겨 갔나? 왜 옛날 벽화처럼요. 아니면 다른 데 좀 봐도 돼요? 흘러내려 갔나? 손바닥 안쪽이나 팔꿈치 아래쪽 같은 데로. 피부 안쪽으로 깊이 들어갔을지도 모르고요! 머리를 맞대고 추리하고 싶었다. 그러나 내가 뱉을 수 있는 말은 한마디뿐이었다.

괜찮아요. 지워질 수도 있죠.

나는 그 뒤로 솔아를 똑바로 쳐다볼 수 없었다. 나를 얼마나 원망하고 있을지, 내게 얼마나 실망했을지 고스란히 느껴지는 것 같아서. 효진에 대한 이야기는커녕 사과조차 하지 못했다. 내가 나빠진 순간에 효진은 이미 더욱더 나빠질 수 없이 나빠지고 있었다. 가난에 대해, 약물 자살에 대해, 돈을 많이 버는 사람들에 대해, 살의에 대해 말했다. 속이 텅 빈 것이 아닐까 싶을 정도로 수많은 저주의 말을 토해낸 뒤 내가 사 온 햄버그스테이크나 돈가스덮밥을 딱 두 입 먹은 뒤 다시 잠들었다. 새벽이면 그것조차 토하는 소리가 들렸다. 옥탑은 너무 추웠고 추우면 왜인지 더 무서워졌다. 앞으로 영영 이런 날만 반복될 것 같다는 강렬한 절망이 서늘하고 직사광선이 들지 않는 곳에서 잘 보존되는 것 같았다.

솔아의 타투가 사라진 걸 본 그날 밤 나는 내 몸을 살폈다. 나는 어떤 게 사라질까 봐 두려웠나. 갈비뼈가 끝나는 부분에 새긴 파도와 날개뼈 위에 새긴 별, 배꼽 위에 새긴 나침반, 손등 구석에 새긴 나무와 발목에 새긴 live your life. 의미가 있기도 하고 없기도 한 것들 중에서.

✳

그리고 효진이 죽었다. 나는 효진을 잃었으나 효진만 잃은 것은 아니게 되었다. 애인이던 지수를, 한창 가까웠던 주희와 현우를, 그리고 솔아를 잃었다. 일을 그만두었고 참여하던 몇몇 모임을, 거기서 만난 사람들을 모두 그만두었다. 그게 다 효진 때문은 아닐 것이다. 나 때문이겠지. 도와달라고 손을 뻗지 않았던 나 때문이다.

✳

왜 모든 건 지나가고 마는지, 우리가 이렇게 생생하게 사랑하고 화내며 살았는데, 그즈음에 그게 자꾸만 슬퍼서 드라마든 영화든 비슷한 것들만 보면 울었어. 노인들이 나오고 회상 장면이 나와서 젊은 모습이 나오다가 다시 늙은 모습으로 끝나는 그런 거. 그 여름에 나는 그 정도로 삶이 좋았다. 내가

197

아직 젊다는 게 좋았어. 내가 여름 같았어. 뜨겁고 물기가 차오른. 언제 어디에 있는 물가에 빠져도 깔깔 웃거나 엉엉 울어도 되는. 실제로는 그래본 적도 없고 말수 적고 얌전하다는 말을 더 많이 들었지만 그래도. 언제나 살고 싶었어. 끝까지 살고 싶었어. 내가 서 있는 곳이라면 벽과 천장과 바닥을 모두 느끼며 살고 싶었어. 생생함만이 내 무기이고 기쁨이었는데.

그런데 효진이 온 거야. 백 살은 먹은 것 같은 효진이. 곧장 죽어야지 마음을 먹고 곧잘 먹지 않고 누워만 있고 몸을 반쯤 일으켜 담배를 피우다가 현기증이 나서 다시 그대로 누워버리는 효진이.

너무 행복한 건 다 지나가나. 언젠가 솔아와 퇴근 후 맥주를 마시고 한강을 가로지르는 다리를 걸어서 건넜던 것이 떠올랐다. 그 다리 같은 건가. 이쪽에서 저쪽으로 가는 길. 그 길은 행복하지만 결국에는 행복 다음으로 가야 하는 거야. 행복 다음은 슬픔. 우리가 계속 건너다녀야 하는 곳은 슬픔이지.

＊

살아 있는 효진에게서 도망칠 수 없었듯 나는 사라진 효진에게서도 벗어날 수가 없었다. 제정신으로 잘 수가 없어서 한동안 소주 몇 잔을 연속으로 삼키고 곧장 잠자리에 들었다.

그런 건 너무 신기하지. 없는 것에 칭칭 감겨 있는 것이다. 사라진 것이 내 몸 안팎으로 꽉꽉 자리하고 있는 것이다. 효진이 사라지고 효진의 목소리는 더 선명하게 들렸다. 내 태몽은 불이었대. 엄마가 공장이랑 군부대를 다 태우는 어마어마한 불이 나는 꿈을 꿨다더라. 알쏭달쏭해서 그게 태몽이야? 하고 물으면 효진은 입술 끝을 실룩이며 되물었다. 그게 태몽이 아니면 난 뭐야? 효진은 항상 그런 식이었다. 나는 그런 효진의 방식이 싫으면서도 떠나지 못했다. 너 왜 말을 그런 식으로 해? 그런 식으로밖에 못 해?라고 묻지도 못했다. 난 왜 그렇게까지 효진이 무서웠을까. 뭐가 무서웠을까.

　　효진이 죽고 두 주쯤 지났을까, 어느 날 새벽 발신번호표시제한으로 전화가 연달아 걸려 왔을 때. 정말이지 모든 게 부질없고 부질없다는 생각을 했다. 효진을 이해할 수 있을 것 같다는 생각을. 나는 도무지 그 전화가 나를 너무나 보고 싶지만 차마 볼 수는 없어 다만 여보세요 한 마디만 들으려는 옛 애인이나 혹은, 모임을 떠난 뒤 내가 어딘가에 살아 있다고 믿으려는 솔아의 노력일 거라는 생각은 못 했다. 다만 그저 두려움. 언제 죽을지 모른다는 두려움뿐이었다. 내가 보지 못하는 어둠 속에서 나를 보고 있고 전화 한 통으로도 나를 위협하고 통제할 수 있는 존재가 있다. 그런 쪽이 생각하기 쉬웠다. 그러자 효진이 생각날 수밖에 없었다. 효진의 피해 의식, 효진의 패배주의, 효진의 방어기제, 효진의 트라우마, 효진의 우울. 효진을 살기 싫도록 만드는 모든 것들을. 내가 애쓰는 모든 것을 무화시켜 버리는 강렬하고 강력한 허탈감을.

　난 언제든 죽을 수 있어. 그 말을 소리 내어 했다. 곁에 지수 씨밖에 없었으므로 지수 씨에게만 했다. 지수 씨는 내가 서울에 와서 사랑한 사람들 중 가장 사랑한 사람이었다. 지수 씨는 결국 단단한 표정으로 나에게 되물었다. 그 얘길 꼭 해야 해, 나한테? 계속 그렇게? 그때 깨달았다. 내가 효진처럼 살고 있다는 것. 효진이 해오던 말과 행동을 이어받아 하고 있다는 것. 그게 죽도록 싫은 동시에 죽어도 어쩔 수가 없다는 것. 그게 그렇게 뜯어내지 못할 정도로 붙어 있는 건 줄 몰랐다. 미안해 효진아. 미안해 지수 씨. 나는 어느 쪽이든 빌 수밖에 없었다.

　지수 씨는 나의 정신 나간 상태에 질려서 떠났다. 나는 지수 씨의 집 앞에서 빌었다. 지수 씨 미안해. 내가 잘못했어. 내가 소홀했어. 진짜 차여도 싸……. 그런데 한 번만 봐주면 안 될까. 나 정말 지수 씨 사랑해. 그렇게 말하며 펑펑 울었다. 잡고 싶어서가 아니라 울고 싶어서 찾아간 것처럼 울었다. 아직도 쏟을 눈물이 남아 있다니. 오직 깊은 울음을 우는 순간만 시원했다. 엉엉 울음소리가 잦아들고 나면 또다시 마음이 콱 막혔다. 너무 조여들어서 끊어질 것처럼 느껴지기도 했다. 그러면 기어코 잘못이 없는 사람에게 화가 났다. 나는 울다가 화를 내다가 했다. 남의 집 앞에서. 지수 씨 집 앞에서. 지수 씨는 나와보지도 않고 카톡으로 말했다.

너 이거 스토킹이야. 협박이고.

지수 씨 말이 다 맞았다. 언제나 그래왔던 것 같았다. 내가 느끼거나 느끼지 못하는 순간 전부 지수 씨가 맞았다. 틀린 나를 보면서 얼마나 답답하고…… 외로웠을까. 그런데 지수 씨, 알 수 없는 건 알 수가 없다. 나는 지금 내 슬픔으로 꽉 찼고……. 내가 행패를 부리고 있다는 사실만 정확히 알아. 지수 씨 마음은 정확히 모르겠어. 요만큼도 모르겠어. 내가 미운 건지 외로운 건지, 내가 외롭게 해서 미운 건지. 짜증 나는지 화가 나는지. 그냥 다 귀찮은지. 솔직히 말하면 그게 정말로 궁금한 것도 아닌 것 같아. 지수 씨가 솔직히 말해줘도 나 그렇게 안 듣겠지. 저 뒤에 또 다른 속마음이 있을 거라고 생각하겠지. 최악이다, 최악이네.

달밤에 그런 생각을 하며 지수 씨네 집 앞에서 한참을 서 있었다. 마침내 해야 할 바를 다 했다는 느낌이 찾아왔다. 그것은 공복인 상태와 비슷했다. 마음이 비어버린 느낌이었다. 지수 씨 나 이제 여기 안 올 거야. 눈가에 범벅인 눈물을 닦는 데 후련했다. 그제야 진짜 내가 잘못했다는 생각이 들었다. 나 정말 지수 씨한테 다 쏟고 가네. 미안해.

　그 감각을 알았다. 나는 가고, 너는 여기 남겠구나. 누가 가는 건지는 모르겠지만. 네가 가고 내가 남겨진 것이기도 하겠지. 그러나 그런 건 의미가 없고 그저 우리가 함께가 아닌 순간에 대한 예감만이 또렷했다. 나는 언제나 그 감각을 알았다. 그런 감각이 스미는 순간을 알았다.

　잘 뿌리내리고 자라나던 나의 줄기를 절반 이상 도려낸 것 같은 나날들이 계속되어 나는 절단을 택했다. 갉아먹어 버린 부분이 이렇게 크다면 언젠가는 부러지기 마련일 테니까 미리 잘라버리는 쪽이 나았다. 나에게도, 모두에게도. 이곳에서 일어난 일들을 깔끔하게 자르고 다른 곳으로 옮겨지기로 했다. 서울에서 지겹도록 살다가 언젠가 한번은 서울을 떠나고 싶었는데, 서울을 떠나면 바다에 인접한 마을에서 살아보고 싶었는데 그중 반만 이루어졌다. 서울을 떠났지만 바다는 보이지 않는 곳으로. 조용하고 어딘지 채도가 약간 낮은 듯한 곳으로 옮겨졌다. 나는 광주로 갔다. 언젠가 지수 씨와 여행을 하던 중에 들렀던 곳이었는데 마침 기억이 났다. 적당히 사람이 움직이고 적당히 조용하다고 여겼던 것 같다. 그렇지, 조용한 곳이라면 그때 둘러봤던 여행지 중에서 순천도 보성도 조용했지. 그러나 광주가 남았다. 기억에는. 공주와 잠깐 헷갈렸지만 광주였다. 갈 곳을 정하자 마음이 빨리 떨어졌다. 접착

력이 다한 테이프처럼 하던 일들에 미련이 없어졌다. 남은 이들을 떠올리면 가슴을 세게 치는 것처럼 슬프던 것도 그 강도가 점점 무뎌졌다. 솔아, 주희야, 지수 씨. 그렇게 불러보다가 결국 효진아…… 하면 다시 얼굴이 일그러졌지만 그것마저도 결국 조용히 체념하게 되었다.

하던 일을 그곳에서 이어가려는 마음도, 하던 일을 접고 다른 일을 하려는 마음도 없이 그저 서울의 나를 묻고 지우는 일에만 몰두했다. 몇 명이서 함께 운영하던 타투숍에서 빠지고, 살던 집을 정리하기 위해 그 안에 누적되고 누적된 짐을 정리하고, 팔고 버리고 신고하고, 서울의 전세금을 그대로 빼서 광주로 옮기면 살 곳을 찾기는 어렵지 않았다. 기차를 타고 왔다 갔다 하며 낡은 아파트를 위주로 전셋집을 알아보았다. 그렇게 나는 광주 어딘가의 아파트에 살게 되었다.

어떨 때 사람은 정말로 나무 같아서, 오래 나고 자란 동네에서 다른 동네로 옮겨 오면 뿌리 뽑혀 옮겨진 나무처럼 새 땅과 새 흙을 낯설어하고 가렸다. 며칠이면 익숙해질 줄 알았는데 서너 달을 그렇게 보냈다. 서너 달이면 괜찮지. 그 정도면 생각보다 괜찮다, 혼자 주억거렸다. 서너 해가 걸릴 수도 있었을 거라고 생각한다. 집을 구하고 나서는 정말로 다시 살기 위해서, 산다는 감각을 재정비하기 위해서 눈을 부릅뜨고 허리와 배에 힘을 주었다. 자꾸만 물렁물렁해지는 것을 세워

보려고. 자리를 옮겨 다시 한번 디뎌보려고 노력했다. 발목과 무릎에 힘을 주고 조금 걸어보려고. 말 그대로 쉴 새 없이 걸 었다. 길을 익힌다는 핑계로, 작업실을 구한다는 핑계로, 핑계 가 왜 필요한지 모르겠지만 어쨌거나 다 이유가 있다 내 안에 는 다 이유가 있어 하는 마음으로 걸었다. 개나리아파트를, 주 공아파트를, 오월공원과 경로당을, 학교도 지나고 5.18공원에 까지 가는 날도 있었다. 그렇게 걷다 보면 새끼발가락이 아프 고 무릎이 시큰거려서 힘들 때도 있었지만, 몇 바퀴를 돌다가 지쳐서 버스나 택시를 타고 돌아온 적도 있었지만, 실은 그게 뭐가 힘든가. 그런 힘듦은 반가웠다. 간판이, 학교가, 공원에 가는 길이 눈에 익을 때면 기뻐서 눈물이 났다.

비슷한 작업을 하는 이들과 동네 상가 어딘가에 작업실을 임대하여 다시 일도 시작했다. 다시 타투를 새기기 시작했다. 나뭇잎부터 시작했다. 나뭇잎과 새부터. 문자로 된 타투는 적 지 않았다. 레터링도 하시나요? 하는 주문이 들어오면 네, 합니 다, 하고 같은 작업실을 쓰는 다른 타투이스트에게 넘겼다.

주희에게서 다시 연락이 온 것은 5월이었다. 그건 연락 만 온 것이 아니고 정말로 사람이 온 것이어서 나는 근래 들 어 가장 놀랐다. 동료들과 저녁을 먹고 다시 작업실로 들어가 는 길이었다. 주희에게 전화가 와서 받았더니 광주에 와 있다고 했다. 언니! 저 지금 광주역이에요. 오늘 잠깐 볼 수 있어요? 광주? 광주역이라고? 다른 광주 말고 여기 광주? 나는 그때 처음으로 목에서 시원하게 틔워지는 소리를 냈다. 늘 좀 공기가 막힌 듯 조용히 말하던 내가 목구멍을 전부 써서 소리를 내는 걸 보고 함께 걷던 작업실 동료들이 놀라워했다. 주희는 어디로 가면 볼 수 있냐고 물었고, 나는 어쩌다 광주에 있냐고 물었다. 물음표가 서로 챙챙 맞부딪치다가 주희가 먼저 대답해 주었다. 친구랑 여행 중이에요. 오늘은 언니 보려고요.

그 대답에 당연히 네 맘대로? 내 스케줄은? 하고 반박할 수 없었다. 반박할 수 있었지만 그럴 마음이 없었다. 나는 그 사람들이 그리웠다. 내가 만나고 이어왔던 사람들. 여기 말고 거기에서. 서울의 어느 거리에서 갑자기 만나서 제법 오래 얽혀 있던 관계들.

시간이 된다고 하자 주희는 내가 있는 쪽까지 와주었다. 꽈배기와 식빵을 파는 제과점에서 만났다. 어색하고 어색해서 그래도 여행인데 궁전제과 같은 곳에서 빵 먹어야 하는 거 아니니? 하고 물었는데 주희는 꽈배기를 결 따라 찢으며 다시 한번 분명하게 말했다. 언니 보러 온 거라고요.

말을 돌릴 수가 없구나, 하는 마음이 들자 오히려 편했다. 눈앞의 주희를 살폈다. 너 아직도 교정이 안 끝났네? 그때 다른 사람들하고는 잘 만났어? (나는 유일하게 주희에게 반말로 말했다. 솔아와는 존댓말과 반말을 섞어서. 그게 좋았다. 전부 다른 거리감을 가지는 것이 좋았다.) 주희는 언니도 왔으면 좋았을 텐데, 진짜 너무 오랜만이잖아요, 하고 말하며 자기와 현우의 근황을 들려주었다. 올해는 일러스트 페어 취소됐어요. 좀 망친 해인 것 같긴 한데 이번 기회에 다른 작업도 해보려고요. 실크 스크린 같은 거. 현우 오빠는 언론사 공채 준비 중이에요. 오늘도 토익 시험 본다던데. 사람이 아닌 공간의 근황도 들려주었다. 아 참, 그 카페 없어졌어요. 우리가 가던 카페요. 우리 맨날 앉던 자리 뒤쪽 창문으로 목련나무 가지가 쏟아져 들어왔었잖아요. 그거 진짜 예뻤는데, 없어졌어요. 술집이 됐더라고요.

솔아 씨는?

나도 모르게 목소리가 먼저 흘러나왔다. 주희가 꽈배기와 함께 시킨 냉녹차를 한 모금 마시고 나를 쳐다봤다. 왜 솔아 언니랑 연락 안 해요? 그렇게 물어서 몰라……라고 대답했다. 오래오래 무럭무럭 자라나는 사이는 좋아하는 마음만으로는 안 되는 건가 봐. 다른 영양분이 있어야 하는데 나한텐 그게 없나 봐.

솔아는 모른다. 종종 함께 걷던 산책길이, 딱 한 잔만! 하고 연거푸 오백 세 잔을 들이켜던 우리의 술자리가 얼마나 내 숨통을 트이게 했는지. 실제로 숨을 쉴 수 있어서 편한 마음에 깊은 곳의 숨까지 끌어올려 한숨을 내쉬곤 했는데, 그때마다 솔아가 내 눈치를 보던 것을 알고 있었다. 그냥 그 모습이 귀여워서…… 내버려 뒀다. 언젠가 정정할 수 있을 줄 알았다. 솔아 씨 나 진짜로 지금 솔아 씨 때문에 한숨 쉰 거 아니야. 그런 표정 짓지 마요. 그러고는 깔깔 웃을 수 있을 줄 알았다.

효진은 나를 갉아먹었다. 나는 그렇게 생각했다. 틀린 생각도 아닐 것이다. 나는 내가 튼튼하다고, 충분히 튼튼해서 아프고 마른 친구를 위해 기꺼이 곁을 내어줄 수 있는 사람이라고 생각했다. 그 생각은 틀린 생각이었다. 나는 영양분을 잃어버리는 친구 곁에서 함께 비척비척 말라갔다. 그걸 솔아가 눈치챘는지 못 챘는지 알 수 없다. 내 입으로 말한 적은 없었다. 내가 지금 허덕이고 있다고. 한여름 볕에 타버린 나무처럼 입이 말라서, 혀가 말라서 말할 기운이 없었다. 그게 어떤 사람에게는 무신경하게, 무례하게, 무관하게 보였겠지. 그것도 다 내 몫이라는 걸 알고 있다. 물기가 충분한 사람은 누구도 없다는 걸 그때는 몰랐다. 솔아라고 해서 바싹 마른 나에게 물을 줄 의무는 없고. 솔아가 물을 주고 싶어서 듬뿍 줬다고 해도 내가 받아 마시고 입을 싹 닦았을 거고. 그래서 솔아는 나처럼 지쳐갔을 거다. 내가 효진에게 그랬던 것처럼. 내가 계속 곁에 있었다면. 서울에 머물렀다면. 지수 씨가 마른 잎처럼 되어 나를 떠나가는 걸 보고 알았다. 그런 말을 오랜만에 늘어놓아서 나는 조금 기분이 나아졌는데, 주희는 약간 질린다는 표정을 지었다. 내가 잘못 본 것은 아니었다.

둘이 똑같아. 똑같이 벽 같고 한 뼘도 침범하지 않으려고 하고. 한 번쯤은 그냥 무리해 봐요, 언니.

…….

한쪽이 벽이면 한쪽이 담쟁이덩굴 같아야지, 언니.

머리를 양 갈래로 땋고 냉녹차를 쪼록 빨며 말하는 주희가 예쁜 할머니 같아서 나는 웃었다. 그제야 주희도 웃었다.

언젠가 솔아가 나에 대해 말한 적이 있다. 내가 그의 팔뚝에 타투를 새겨줄 때였다. 나를 보지 않고 고개를 숙여 흰 팔뚝에 작은 공룡이 그려지는 걸 보면서 솔아는 물었다. 지원 씨는 말수가 적죠?

나는 그렇다고 했다. 아무리 봐도 많은 편은 아니었다. 기쁠 때 말이 많아지긴 하지만 절대적으로 '많다'고 할 수 있는 양은 아니었으므로. 그러자 솔아는 점점 작아지는 목소리로 말했다.

그게 고독하게 살아가는 사람들의 특징이라는데……. 장지오노가 쓴 《나무를 심은 사람》이라는 책에 나오더라고요.

솔아의 목소리는 작았지만 들리지 않을 정도는 아니었다. 이어서 그런 사람들은 혼자서도 잘 산다고, 확신과 자부심으로, 지원 씨 생각이 났어요, 뭐 그런 말들이 이어졌는데 잘 들리지 않았다. 라디오 볼륨을 서서히 줄이는 것처럼 솔아의 목소리는 점점 작아졌다. 그리고 이윽고 말을 멈추었다. 지잉 지잉 하는 타투 기계 소리만 들렸다. 그리고 낮은 숨소리.

나는 솔아의 말에 대답하지 않고 솔아가 말한 나에 대해 생각했다. 그리고 솔아의 팔에 영원히 남을, 아니 실은 몇십 년일 뿐이니까 영원은 아니지만 잘하면 솔아가 죽기 전까지 함께할 작은 공룡을 그려 넣는 일을 생각했다. 나는 말수가 적은데 솔아는 어떤 책을 읽고 그런 사람이 고독한 사람이라고, 고독한데 또 혼자서 잘 사는 사람이라고 말한다. 정말 그런가? 나는 고독한가? 고독하다는 건 외롭다는 말인가? 외롭다는 말은 쓸쓸하다는 말인가? 글쎄, 나는 외롭나, 얼마간 외롭지만 그게 무슨무슨 사람, 어떤어떤 사람이라고 특징지어질 정도로 외롭나? 그 정도는 아닌 것 같은데……. 나도 모르는 사이에 나는 그런 사람이 되었나? 내가 스스로를 그렇다고 느끼는 것과 실제 나 자신은 다르니까 그럴지도 몰랐다. 그러나 분명한 건 내 감각은 그게 아니라는 것이다. 그게 아니다. 솔아 씨는 아무것도 모른다. 내가 너를 모르는 것처럼. 나는 외로운 게 아니라…… 고독하고 쓸쓸한 게 아니라……. 찔리는 것 같다. 뭔가를 예감하면 아프고 슬프다. 생생했던 것들이 모두 희미해지고 결국 사라져 버릴 거라는 절대 미래. 그런 걸 예감하면 찔리는 것처럼 아픔을 느끼는데 그게 너무 슬프다. 그게 정확히 내가 느끼는 나에 대한 감각이다. 그래. 그 당시의 나는 그런 생각을 했다. 솔아가 말해준 나와 내가 솔아에게 말하고 싶은 나에 대해.

그런데 다시 생각해 보면, 그건 내 생각일 뿐이라는 생각을 못 했다. 나는 쏟아질 듯 많은 것들을 생각했지만 나에게 팔을 내놓고 마주 앉아 있던, 작은 목소리로 말을 걸던 솔아에게는 그저 침묵이었다는 것. 나는 솔아에게 그저 말을 건네지 않는 사람, 건넨 말을 되돌려 주지 않는 사람. 미안해요. 미안해 솔아 씨. 무안했겠다. 무안했죠. 생각에 몰두할 것이 아니라 말을 건넸어야 했다.

솔아는 대체로 개인적이고 사적인 부분을 묻지 않았으나, 가끔은 물었다. 열 번을 참고 한 번 물어본다는 듯한 태도로. 나는 언제나 솔아 앞에서 조금 긴장했다. 언제 뭘 물어볼지 몰라서, 솔아가 묻는 것들은 전부 오래 생각해야 답할 수 있는 것들이라서 그랬다. 그러나 막상 솔아가 건네는 질문에 대답을 하다 보면 속이 시원해지기도 했다. 묻지 않았다면 답하지 않았을 것들을 말하면서, 마음속에 있는 것들을 소리 내어 말하는 것만으로 시원한 느낌이 든다는 걸 알게 되었다. 종종 그런 순간이 있었다. 언제였을까. 지원 씨는 왜 써요? 하고 물었던 순간. 그때 나는 효진을 잊으려고, 라고 말하지는 못하고 잊어버리려고, 털어버리려고 쓴다고 했다. 그러나 그것만으로 나는 정말로 많이 털어낸 느낌이었고 솔아가 고마웠다. 언젠가 꼭 효진 얘기를 해줄게요, 속으로 그렇게 다짐하기도 했다.

하지만 좀 다르게…… 마음 같은 거 말고…… 차라리 사생활을, 대학 시절을, 중고등학교 시절을, 가족 관계를 물어봐 줬다면 어땠을까. 나는 조금 더 빨리 체념하는 마음으로 솔아에게 모든 것을 말할 수 있었을까. 그런 생각도 해보는 것이다. 학창 시절에 어땠어요? 하고 물어보면 내내 각오처럼 품고 있던 말을 쏟아내는 나를. 저는 아주 별로였어요. 친구라곤 딱 하나 있었는데요…… 하고 고해성사하듯 떠드는 나를 말이다. 그러면 솔아의 표정이 어떨까. 웃지 않는 솔아. 입을 다문 솔아. 내 앞에 있지만 멀어질 태세를 취하는 솔아. 그 순간이 두려워서 말하지 못했다. 솔아가 묻지 않았어도 얘기할 수 있었을 것들을. 하지만 어떤 이유건 간에, 얘기하지 않아서 진짜로 멀어졌지. 마음이 멀어지는 일이 두려워서 진짜로.

나 사라지지는 않았어.

언젠가 솔아에게 말을 놓게 되거든 맨 먼저 그렇게 말해보고 싶다고 생각했다.

그런데 모서리에 있어.

그렇게도 말해본다. 가장 편안한 목소리로.

모서리. 그렇게 발음해 본다. 그리고 조금 다르게도 발음해 본다. 목소리.

나 솔아 씨 목소리 좋아했어. 그렇게 말하는 연습을 해본다. 효진처럼 다시 전화를 거는 데, 휴대폰을 들어 올리는 데 한 달이 걸릴지도 모르지만 나는 지금 목소리를 틔우는 중이야.

그런데 우습지. 그런 걸 연습하느라 나는 또다시 내 앞에 마주 앉은 주희에게 말 없음을 선사하고. 한참을 기다려 주던 주희가 손을 들어 허공에 대고 똑똑, 노크하는 제스처를 취한다. 나는 아차, 하고 미안함의 웃음을 짓는다. 그래 나 여기 있어. 아직 모서리에.

〈나 여기 있어〉는 지원이 생각하는 자신과 친구 솔아, 그리고 솔아에게는 말할 수 없던 친구 효진에 대한 이야기입니다. 실은 이와 반대에 서 있는 입장인, 솔아가 생각하는 자신과 지원에 대한 이야기가 먼저 쓰였습니다. 그 소설의 제목은 〈나의 작은 친구에게〉이고 제가 만든 잡지《유령들》1호에 실려 있습니다. 〈나의 작은 친구에게〉의 화자는 솔아이고 저는 그 소설을 읽은 친구들에게 솔아의 성격 유형은 **ISFP**일 것 같다는 말을 많이 들었습니다. 그리고, 그런 솔아가 궁금해하던 인물인 지원의 사정을 소설로 쓸 때, 저는 아마도 지원이 **INFP**가 아닐까 상상했던 것 같습니다. 제가 현실에서 만난 **INFP** 친구들은 서로 너무 다른 개성을 지니고 있어 잘 알고 썼는지 자신은 없습니다. 지원이 **INFP** 중에서도 약하고 유난한 편인지도 모르고, 혹은 지원이 **MBTI** 검사를 할 때 몇 가지 문항을 대충 체크했을지도 모른다는 생각으로…… 확신하지 못하는 마음을 달래며 감히 지원이 **INFP**라고 주장해 봅니다.

독자 여러분이 더 잘 아실지도 모르겠지만, 인터넷을 통해 알아본 **INFP**의 특성은 대략 이렇습니다. '더 나은 상황을 만들고자 노력하는 진정한 이상주의자.' '침착하고 내성적이며 수줍음이 많은 사람처럼 비추어지기도 하지만 내면에는 불만 지피면 활활 타오를 수 있는 열정의 불꽃이 숨어 있음.' '낯가림 때문에 간혹 사람들의 오해를 사기도 함.' '그러나 마음이 맞는 사람을 만나면 이들 안에 내재한 충만한 즐거움과 넘치는 영감을 경험하는 유형.' '성취에 따르는 보상이나 그렇지 못할 경우 생길지도 모를 불이익 여부에 큰 상관이 없고 순수한 의도로 인생의 아름다움이나 도덕적 양심과 미덕을 좇으며 인생을 설계.' '종종 깊은 생각의 나락으로 자신을 내모는 편.' '관심을 가지고 이들을 지켜보지 않으면 연락을 끊고 은둔자 생활을 하기도 함.' 어떤가요? 제가 지원의 성격을 잘 그려냈나요?

소설 속 인물을 만들어갈 때 **MBTI**를 중요하다고 여겨본 적은 없는데, 소설을 쓰고 난 뒤 사후적으로 인물들의 **MBTI**를 맞춰보는 일에 재미를 느끼게 되었습니다. 언젠가 소설 속 모임원들 각자의 이야기를 한꺼번에 볼 수 있는 날이 온다면, 지원, 솔아, 주희, 현우의 **MBTI**를 추측해 보는 놀이를 해보고 싶습니다. 그러나 그것은 아마도 미래의 일이겠지요. 지금은 지금의 소설을 즐겁게 읽어주시면 좋겠습니다. 말 없는 지원이 용기 내어 나 여기 있어, 라고 말하는 소설을요.

———————————————

김화진　　소설집《나주에 대하여》가 있다.

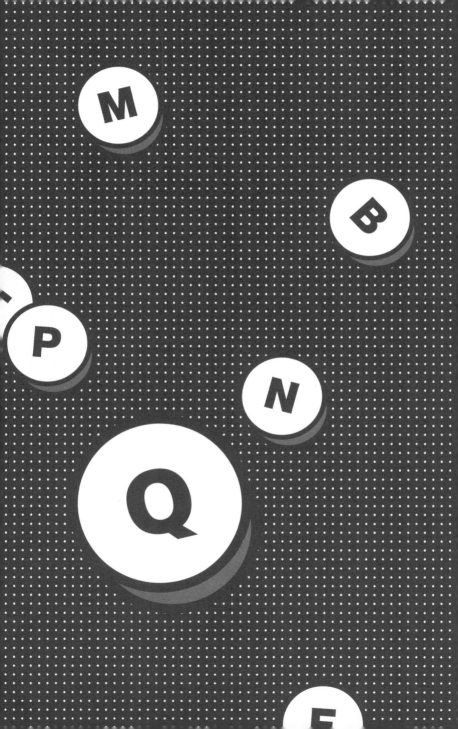

정대건

1 작품 속 인물의 **MBTI**와 작가님의 실제 **MBTI**는 같을까요? 다르다면, 작가님의 실제 **MBTI**는 무엇인가요?

 **INTJ**로 같습니다.

2 딱 한 달만 다른 **MBTI** 유형으로 살 수 있다면, 어떤 유형으로 살고 싶으세요? 이유는요?

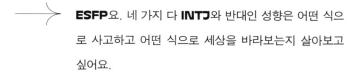 **ESFP**요. 네 가지 다 **INTJ**와 반대인 성향은 어떤 식으로 사고하고 어떤 식으로 세상을 바라보는지 살아보고 싶어요.

3 작가님(혹은 작가님 유형)에게 완벽한 하루란 어떤 모습일까요?

모닝커피를 마시며 짜놓은 계획대로 모든 스케줄을 클리어하고 집에 돌아와 홀로 휴식하는 하루.

4 본인과 최고의 궁합일 거 같은 유형과 최악일 거 같은 유형은?

MBTI 궁합이라는 것을 믿으신다고요? 사실 다른 유형들에 대해선 잘 몰라요. **INTJ**나 **ENTJ** 유형과 친해지고 싶긴 합니다.

5 **INTJ**의 이런 점은 진짜 최고다, 이 점은 내가 생각해도 조금 부끄럽다, 하는 게 있다면?

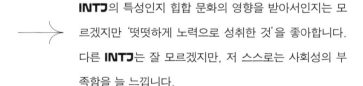

INTJ의 특성인지 힙합 문화의 영향을 받아서인지는 모르겠지만 '떳떳하게 노력으로 성취한 것'을 좋아합니다. 다른 **INTJ**는 잘 모르겠지만, 저 스스로는 사회성의 부족함을 늘 느낍니다.

6 아, 이럴 땐 내가 정말 영락없는 **INTJ**구나, 라고 느낄 때가 있으세요?

⟶ 나의 자존심보다도 독립된 진실을 더 중요하게 생각할 때, 상대방도 그러리라고 착각할 때.

7 이건 누가 봐도 **INTJ** 영화! 이런 작품이 있을까요? 그리고 그 이유는요?

⟶ 소설 본문에도 있지만 영화 〈소셜 네트워크〉의 마크 저커버그가 여자 친구와 헤어지는 첫 장면과 영화 내내 그려진 모습은 정말이지 흔히 알려진 **INTJ**의 초상 같아요. 공감의 대화보다는 팩트를 중요시하고 사회성이 떨어지지만 능력을 발휘한다는 게요. 실제의 마크 저커버그는 어떤지 모르지만요.

8 끝으로, 자신의 **MBTI** 소개 문구를 바꿀 수 있다면 뭐로 바꾸시겠어요?

⟶ 용의주도한 전략가 → 고독한 전략가

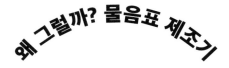

왜 그럴까? 물음표 제조기

임현석

---

1 작품 속 인물의 **MBTI**와 작가님의 실제 **MBTI**는 같을까요? 다르다면, 작가님의 실제 **MBTI**는 무엇인가요?

그거 아시나요? **MBTI**는 재검사(5주 지난 시점에 공식 테스트 기준) 시 이전 검사에서 나온 성격 유형이 동일한 경우가 절반에 불과합니다. 즉, 저는 2013년 12월 정식 유형 분석 당시 **INTP**이었는데 오늘 검사하면 다를 가능성이 꽤 높죠. 오늘은 **INTP**과 **ENTP**, **ISTP** 사이 어디쯤에 있습니다.

2 딱 한 달만 다른 **MBTI** 유형으로 살 수 있다면, 어떤 유형으로 살고 싶으세요? 이유는요?

온라인 밈에서 묘사된 성격 중에선 **ISTJ**가 가장 일 효

222

율이 좋아 보이더라고요. 묵묵하게 계획된 일을 뚝딱뚝딱 해내는 **ISTJ**가 마감 전 모든 원고 좀 후다닥 써줬으면. 그러나 눈 떠보니 현실은 마감일에 원고를 보내고 있는 나.

3 작가님(혹은 작가님 유형)에게 완벽한 하루란 어떤 모습일까요?

 미룰 수 있을 때까지 미루다가 한번에 몰아서 하면 된다고 생각했는데 마침 당일 돼서 일을 손에 잡자마자 실제로 모든 일이 술술 풀리는 날. 그럴 땐 미항공우주국(NASA) 통제실에서 프로젝트 완수했을 때 환호하듯 모든 뇌세포들이 일제히 만세를 부릅니다. 반대로 일이 안풀릴 땐 대공황을 맞은 증권거래소처럼 자괴감에 빠집니다. 오늘은 파산이네요.

4 본인과 최고의 궁합일 거 같은 유형과 최악일 거 같은 유형은?

 적어도 최고의 일 궁합은 **INTJ**가 아닐지. 그들과 일하면 스몰토크 칼같이 차단당하고 업무 관련 지적 대화로 빠르게 넘어가는데, 저까지 덩달아 유능해지는 기분. 최악은 **ENFP**. 그들은 너무 유쾌해서 한없이 실없는 얘기만 나누고 싶어진다니까요.

5 **INTP**의 이런 점은 진짜 최고다, 이 점은 내가 생각해도 조금 부끄럽다, 하는 게 있다면?

 INTP 유형이라고 밝힌 세 명과 같은 자리에서 대화를 나눈 적이 있었는데 한 명이 "**MBTI**가 얼마나 엉망으로 설계됐는지 아세요"라고 말하는 순간 모두 일제히 화제에 빠져들었습니다. 관심사만 맞는다면 지적으로 집중된 대화를 나눌 수 있죠. 하지만 약속을 잘 잡지 않으려고 하니 조우할 확률이 적습니다. 일도 좀 미루는 편. 마감일에 간신히 원고 보내는 나, 부끄럽군요.

6 아, 이럴 땐 내가 정말 영락없는 **INTP**이구나, 라고 느낄 때가 있으세요?

 누군가 논점에서 벗어난 방향으로 대화를 갑자기 틀려고 할 때 "하던 이야기부터 마무리할게요"라고 말하게 될 때. 카카오톡으로 누군가 메시지를 보냈다는 사실을 알고도 어떻게 적절하게 대화를 이어나가야 할지 잘 몰라서 열어보기 힘들 때.

7 이건 누가 봐도 **INTP** 영화! 이런 작품이 있을까요? 그리고 그 이유는요?

　　　　INTP들은 대체로 크리스토퍼 놀란에 환호하지 않나요. 논리를 빈틈없이 쌓아서 창의적인 결론으로 나아가는 영화들 말이죠. 끝나고 난 뒤에 나무위키와 유튜브 해석을 찾아보고 싶은 영화들을 좋아하는데 치밀한 플롯과 독창성 있는 작품들이 그렇습니다. 이렇게 말하고 나니, 〈메멘토〉(2001)와 〈인셉션〉(2010)에 대한 설명 같네요.

8 끝으로, 자신의 **MBTI** 소개 문구를 바꿀 수 있다면 뭐로 바꾸시겠어요?

　　　　논리적인 사색가 → "근데 왜 바꾸려고요?" 물음표 제조기. 질문을 읽는 순간 '그걸 왜 바꿔야 하지?'라는 생각이 가장 먼저 들었습니다. 굳이 하자면 '그걸 왜 바꿔야 하는지 묻는 유형'이라고 해도 될까요? **INTP**을 규정하기 쉽지 않네요.

ENTP도 상처받고 ENTP도 눈물 흘려

서고운

---

1 작품 속 인물의 **MBTI**와 작가님의 실제 **MBTI**는 같을까요? 다르다면, 작가님의 실제 **MBTI**는 무엇인가요?

소설 속 영지와 저는 **ENTP**입니다. 다만 저는 보통 묘사되는 **ENTP**보다 낯가림이 심하고 겁도 많은 편입니다. 그리고 승부욕 때문에 제 인생이 너무 피곤하다는 것을 청소년 시기에 이미 깨달아버려서, 유한 사람이 되고자 많이 노력했습니다. 살면서 **I**, **S**, **F**, **J**적 기능이 필요할 때도 있기 때문에 원래의 성향은 점점 옅어지는 것 같아요. 적어도 겉보기에는 말이죠.

2 딱 한 달만 다른 **MBTI** 유형으로 살 수 있다면, 어떤 유형으로 살고 싶으세요? 이유는요?

 INTJ. 아니면 어떤 **J**라도 좋습니다. **J**로 살고 싶습니다. 한 달만 말고 평생을요. 모든 물건이 제자리에 있고 바닥과 책상 위에 아무것도 없는 방에서 살아보고 싶습니다. 산더미같이 쌓인 일을 일정표에 차곡차곡 정리해서 차례차례 해나가고 싶습니다. 약속 시간 5분 전에 도착하고 싶습니다.

3 작가님(혹은 작가님 유형)에게 완벽한 하루란 어떤 모습일까요?

부디 제가 오늘 하루는 변덕을 부리지 않게 하시옵고, 쓸데없는 일을 벌이지 않게 해주소서. 제발 정리 정돈을 청결히 하고, 목표한 바를 향해 성실하게 정진할 수 있도록 하시옵고…… 그럼에도 끝내주는 자극 하나만 내려주시면 안 될까요? 그럼 오늘까지만 놀고 내일부터 잘하겠습니다.

4 본인과 최고의 궁합일 거 같은 유형과 최악일 거 같은 유형은?

가장 가까운 두 사람이 각각 **INTP**과 **INTJ**입니다. **INTP** 친구는 저의 동거인이기도 한데, 베란다에 있는 일명 '미래를 도모하는 의자'에 앉아서 한 시간이 넘도록 미래에 대한 이야기를 할 때도 있습니다. 물론 베란다 문을 넘어 다시 들어오는 순간 모든 계획과 포부는 물거품이 됩니다. 세상의 온갖 '이해가 되지 않는 것들'에 대해서도 많이 이야기합니다. 이건 베란다 문을 넘어도 잘 사라지지 않습니다. **INTJ**는 저를 신기하고 웃긴 사람으로 여깁니다. **INTJ**가 생각 없이 놀고 싶을 때 저를 보며 대리 만족을 하는 것 같습니다. 저는 건실하게 살고 싶을 때 **INTJ**를 보며 절망합니다.

그렇다고 특정 유형의 사람과 궁합이 좋다거나 나쁘다고 이야기하긴 어렵습니다. 특히 잘 안 맞는 사람은 **MBTI**와 별 관계 없이, 아래와 같은 성향을 가지고 있습니다.

① 강약약강. 그러니까 강한 놈한테 굽히고 약한 사람한테 센 척하는 유형.
② 본인이 무슨 대단한 주인공이라도 되는 듯 "난 원래이래"를 달고 사는 유형.

③ 사람을 잘 싫어하고 뒷담화 없이 못 사는 유형.

5 **ENTP**의 이런 점은 진짜 최고다, 이 점은 내가 생각해도 조금 부끄럽다, 하는 게 있다면?

제가 생각하는 **ENTP**은 상당히 긍정적이며 낙천적이고 낙관적입니다. 비슷한 말들을 계속 이어 붙여도 될 정도로요. 삶을 살아가는 데 있어서 아주 유리한 포지션이 아닐까 생각합니다. 다만 나락으로 가는 것도 한순간입니다.

한편 친구들한테 자주 들었던 말 중 하나가 "너 머리 굴러가는 소리 들린다"입니다. 그런 표현은 처음 들어봤는데, 신기하게 이 말을 한 사람들이 각기 다른 무리의 친구들이라는 것입니다. 제가 생각해도 저의 머리는 항상 굴러가고 있습니다. 좋은 점이기도 하지만, 이 역시 나락 가기 딱 좋은 특성이지요. 생각만 하다가 끝나거나, 생각이 너무 많아져서 갑자기 절망할 때도 종종 있으니 말입니다.

6 아, 이럴 땐 내가 정말 영락없는 **ENTP**이구나, 라고 느낄 때가 있으세요?

언젠가 이런 대화를 한 적이 있습니다.

INTP: 넌 누가 너를 싫어한다는 걸 알게 되면 어떻게 할 거야?

나: 나를 왜 싫어해?

INTP: ……. 진짜 너는 너무 너다.

7 이건 누가 봐도 **ENTP** 영화! 이런 작품이 있을까요? 그리고 그 이유는요?

ENTP 영화라고 추천을 받은 작품이 있습니다. 〈언컷 젬스〉라는 영화인데요. 오, 고마워, 하고 검색해서 스틸 컷을 보니 주인공 눈이 좀 돌아 있었습니다. 이 주인공 이 **ENTP**이라는 거야?라고 물으니 그렇다고 하더라고요. 영화를 아직 보지 않았지만, 애덤 샌들러가 희한한 틴트 렌즈 무테안경을 쓰고 말도 안 되는 보석을 주렁주렁 들고서 웃고 있는 걸 보니 **ENTP** 영화가 맞는 것 같습니다.

8 끝으로, 자신의 **ENTP** 소개 문구를 바꿀 수 있다면 뭐로 바꾸시겠어요?

즐거운 꾀돌이. 재밌는 것만 하고 싶고, 그래서 그 방법을 찾고자 노력합니다. 있는 힘껏 머리를 굴리면서요. 비록 그 결과로 로또 당첨이라는 솔루션을 도출해 낼지라도 말입니다. 그러나 요행을 바라는 건 나쁜 일이 아니지 않습니까?

조금 부족하지만 착한 친구들

이유리

---

1 작품 속 인물의 **MBTI**와 작가님의 실제 **MBTI**는 같을까요? 다르다면, 작가님의 실제 **MBTI**는 무엇인가요?

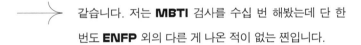

같습니다. 저는 **MBTI** 검사를 수십 번 해봤는데 단 한 번도 **ENFP** 외의 다른 게 나온 적이 없는 찐입니다.

2 딱 한 달만 다른 **MBTI** 유형으로 살 수 있다면, 어떤 유형으로 살고 싶으세요? 이유는요?

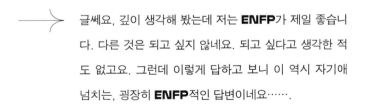

글쎄요, 깊이 생각해 봤는데 저는 **ENFP**가 제일 좋습니다. 다른 것은 되고 싶지 않네요. 되고 싶다고 생각한 적도 없고요. 그런데 이렇게 답하고 보니 이 역시 자기애 넘치는, 굉장히 **ENFP**적인 답변이네요…….

3 작가님(혹은 작가님 유형)에게 완벽한 하루란 어떤 모습일까요?

아침에 소파에 드러누워 오늘 뭐 하지 생각하다가 바다나 보러 가야겠다, 하고 일어나서 동해로 가는 고속버스에 올라타는 하루. 바다에 도착하면 눈에 띄는 아무 식당이나 들어가서 밥을 먹고 아무 카페나 들어가서 커피 마시고요. 실컷 해변에서 시간을 보내다 적당히 즐겼다 싶으면 바로 훌쩍 일어나 엉덩이에 붙은 모래를 털고 집으로 돌아오는 거죠. 생각만 해도 너무 좋네요!

4 본인과 최고의 궁합일 거 같은 유형과 최악일 거 같은 유형은?

흔히들 **ENFP**와 **INTJ**가 궁합이 잘 맞는다고 하더라고요. 실제로 호감이 생기거나 더 알고 싶다는 생각이 드는 사람 가운데 **INTJ**가 많았고요. 그런데 최악의 궁합도 **INTJ**인 것 같아요……. **INTJ**의 통제광 기질이 제 자유를 억압한다는 느낌이 드는 순간, 좋았던 관계가 금세 너무 끔찍한 관계로 변하더라고요. (소설 속 정우도 **INTJ**가 아닐까 생각합니다.)

5 **ENFP**의 이런 점은 진짜 최고다, 이 점은 내가 생각해도 조금 부끄럽다, 하는 게 있다면?

 낙천적이고 사랑이 넘치는 것! 저는 인류의 마음속에는 사랑이 있고 내일 하루는 어김없이 밝고 아름답게 시작될 것을 믿고 있습니다. 부끄러운 점이라면 남의 칭찬(대부분 립서비스인)을 곧이곧대로 믿는다는 거, 끈기와 집중력이 정말 부족하다는 거……? 그리고 현실감각의 부재. 하지만 바로 그 점이 매력일지도 모른다고 스스로 생각하고 있습니다. 아니면 죄송하고요.

6 아, 이럴 땐 내가 정말 영락없는 **ENFP**구나, 라고 느낄 때가 있으세요?

저는 낯가림이 전혀 없습니다. 처음 보는 사람과도 같이 사우나에 가거나 집에 초대해 같이 넷플릭스를 보는 일이 어색하지 않아요. 새로운 사람을 만나는 건 언제나 즐겁고 흥분되는 일입니다. 뉴페이스는 언제나 환영이에요!

7 이건 누가 봐도 **ENFP** 영화! 이런 작품이 있을까요? 그리고 그 이유는요?

곤 사토시 감독의 〈파프리카〉. 멘탈 치료사인 스물아홉 살 '아츠코'이자 사람의 꿈에 자유로이 들락거릴 수 있는 열여덟 살의 꿈 탐정 '파프리카'인 한 여성을 주인공으로 하여 벌어지는 이야기인데…… 벌써 재미있지 않나요? 아직 안 본 **ENFP**가 있다면 한번 보세요, 분명 좋아하실 거예요.

8 끝으로, 자신의 **MBTI** 소개 문구를 바꿀 수 있다면 뭐로 바꾸시겠어요?

이 지루한 세상을 위한 빛과 소금, 그런데 이제 조금 부족한. (어떤가요……? 전국의 **ENFP** 독자님들의 마음에 들길 바라며…….)

잃어버린 T를 찾아서

이서수

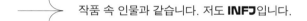

1 작품 속 인물의 **MBTI**와 작가님의 실제 **MBTI**는 같을까요? 다르다면, 작가님의 실제 **MBTI**는 무엇인가요?

> 작품 속 인물과 같습니다. 저도 **INFJ**입니다.

2 딱 한 달만 다른 **MBTI** 유형으로 살 수 있다면, 어떤 유형으로 살고 싶으세요? 이유는요?

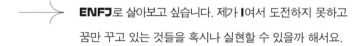

> **ENFJ**로 살아보고 싶습니다. 제가 I여서 도전하지 못하고 꿈만 꾸고 있는 것들을 혹시나 실현할 수 있을까 해서요.

3 작가님(혹은 작가님 유형)에게 완벽한 하루란 어떤 모습일까요?

> 오전에 일어나서 소설을 쓰고, 직접 요리해서 차린 밥을

236

맛있게 먹고, 식물을 돌보거나 청소를 마친 뒤 다시 소설을 수정하고, 흥미로운 책을 읽다가 산책을 하러 가는 하루인 것 같습니다. 특별한 이벤트가 없어도 그날 해야 할 일을 잘 마치는 것이 저에겐 완벽한 하루입니다.

4 본인과 최고의 궁합일 거 같은 유형과 최악일 거 같은 유형은?

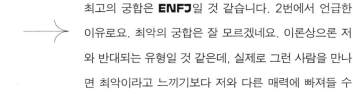

최고의 궁합은 **ENFJ**일 것 같습니다. 2번에서 언급한 이유로요. 최악의 궁합은 잘 모르겠네요. 이론상으론 저와 반대되는 유형일 것 같은데, 실제로 그런 사람을 만나면 최악이라고 느끼기보다 저와 다른 매력에 빠져들 수도 있을 것 같아요.

5 **INFJ**의 이런 점은 진짜 최고다, 이 점은 내가 생각해도 조금 부끄럽다, 하는 게 있다면?

공감 능력. **INFJ**는 타인의 감정에 공감하는 능력이 매우 크다고 자부합니다. 그리고 조금 부끄러운 점은 연락이 늦게 닿을 때가 종종 있다는 것입니다. 항간에 떠도는 **INFJ**에 대한 소문, 인류에 대해 고민하느라 사람을 잘 만나지 않고 고독을 곱씹는다, 라는 말은 저의 경우엔 어느 정도는 사실이기도 합니다.

6 아, 이럴 땐 내가 정말 영락없는 **INFJ**구나, 라고 느낄 때가 있으세요?

⟶ 처음 만난 사람들이 가득한 낯선 자리에서 어찌해야 좋을지 모르는 마음이 들어 집으로 가고 싶을 때 영락없이 **INFJ**구나, 라고 느낍니다.

7 이건 누가 봐도 **INFJ** 영화! 이런 작품이 있을까요? 그리고 그 이유는요?

⟶ 〈패터슨〉이라는 영화의 주인공이 아무래도 **INFJ**인 것 같습니다. 시를 쓰는 버스 운전기사인데, 반복적인 일상 속에서 부지런히 영감을 찾아내는 인물이에요. 영감이 그를 찾아오는 것 같기도 하고요.

8 끝으로, 자신의 **MBTI** 소개 문구를 바꿀 수 있다면 뭐로 바꾸시겠어요?

⟶ 사계절 산책자. 사계절 내내 산책하면서 공상을 즐기는 사람.

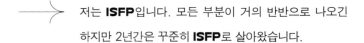

ISFP에 대해⋯⋯묻지마⋯⋯

김화진

---

1 작품 속 인물의 **MBTI**와 작가님의 실제 **MBTI**는 같을까요? 다르다면, 작가님의 실제 **MBTI**는 무엇인가요?

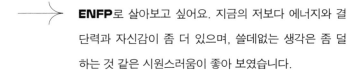

저는 **ISFP**입니다. 모든 부분이 거의 반반으로 나오긴 하지만 2년간은 꾸준히 **ISFP**로 살아왔습니다.

2 딱 한 달만 다른 **MBTI** 유형으로 살 수 있다면, 어떤 유형으로 살고 싶으세요? 이유는요?

ENFP로 살아보고 싶어요. 지금의 저보다 에너지와 결단력과 자신감이 좀 더 있으며, 쓸데없는 생각은 좀 덜 하는 것 같은 시원스러움이 좋아 보였습니다.

3 작가님(혹은 작가님 유형)에게 완벽한 하루란 어떤 모습일까요?

완벽한 하루……. 하늘이 파랗고, 온도가 적당한 주말 11시쯤 일어나 1시까지 침대에 있다가 가까운 거리에 있는 멋진 카페에 웨이팅 없이 들어가 커피를 마시며 책을 읽다가 뭘 좀 적다가 멍하니 있다가, 문득 떠오른 친구에게 저녁 먹자고 물어보고 거절당하지 않는 하루입니다. 토요일이라면 저녁 식사를 하다가 이야기가 길어져 술을 마시게 되어도 신날 것 같고, 일요일이라면 6시에 만나 9시에 헤어지면 뿌듯할 것 같습니다.

4 본인과 최고의 궁합일 거 같은 유형과 최악일 거 같은 유형은?

글쎄요……. 가까운 사람들에게 **MBTI**를 물어봤을 때 나온 유형으로 **INFJ**, **INFP**, **ENFP**, **ISTJ** 등이 있었던 것 같은데 유형에 따른 호감도나 궁합을 생각해 본 적은 없어서 잘 모르겠습니다. 그렇지만 제 주변의 **INFJ** 들을 좋아하는 것 같긴 해요.

5 **ISFP**의 이런 점은 진짜 최고다, 이 점은 내가 생각해도 조금 부끄럽다, 하는 게 있다면?

→ 상대방의 입장을 꽤 많이 생각하는 편인 것 같습니다. 상대방은 느끼지 못할지라도……. 그런데 단점 또한 그것 같아요. 상대방의 입장을 너무 생각하는 면……. 사실 상대방은 별생각 없을지도 모르는데 말이에요.

6 아, 이럴 땐 내가 정말 영락없는 **ISFP**구나, 라고 느낄 때가 있으세요?

→ 지금 이 순간이요. 문답을 적어 내려가는……. 내가 이 앤솔러지 취지에 맞나……. 나 지금 잘하고 있나……. 혹시 엉뚱한 소리 해서 다른 사람들을 곤란하게 하는 건 아닌가 계속해서 저 자신을 의심하는 걸 확인할 때입니다. (근데 이것도 **ISFP**의 특징인지는 모르겠어요.)

7 이건 누가 봐도 **ISFP** 영화! 이런 작품이 있을까요? 이유는요?

→ 저 거의 울고 있습니다. 이유는 마찬가지로 자신이 없어서……. 다른 **ISFP**는 모르겠고 저는 디테일한 판타

지 영화, 괴물이 나오는 영화, 조연 캐릭터들이 살아 있는 로맨스 영화, 실화를 바탕으로 한 전쟁 영화를 좋아합니다. 차례대로 말하자면 〈해리 포터〉나 〈그것(It)〉, 〈판의 미로〉나 데이비드 크로넨버그의 영화들, 〈노팅 힐〉이나 〈어바웃 타임〉, 그리고 〈알포인트〉, 〈서부 전선 이상 없다〉……. 역시 너무 대중이 없네요……. 공통적으로는 영화 속 세계에서 개연성이 잘 부연되어 있으면서 제 관심사와 통하는 작품들을 좋아하는 것 같아요.

8 끝으로, 자신의 **MBTI** 소개 문구를 바꿀 수 있다면 뭐로 바꾸시겠어요?

ISFP는 '호기심 많은 예술가'네요. 저만의 문구로 바꾸자면 '사실 긴장 많이 하는데 안 하는 것처럼 보이는 사람' 아닐까 생각해 봅니다…….

혹시 MBTI가 어떻게 되세요?

발행일 2022년 12월 21일 초판 1쇄

지은이 정대건 · 임현석 · 서고운 · 이유리 · 이서수 · 김화진
편집   최은지 · 김준섭 · 이해임
디자인 이지선
제작   영신사

펴낸곳 잇다
등록   제300-2015-43호. 2015년 3월 11일
주소   (04035) 서울시 마포구 양화로 11길 64, 401호
전화   02-6494-2001
팩스   0303-3442-0305
홈페이지 itta.co.kr
이메일 itta@itta.co.kr

ISBN 979-11-89433-66-6 04810
ISBN 979-11-89433-65-9 (세트)

《혹시 MBTI가 어떻게 되세요?》 북펀드에 참여해 주신
모든 분께 감사의 마음을 전합니다.

Bella jo

herblotus

intj

JUCONG

SAJ

강경민

강보식

강현주

갱갱갱

고무지

고민재

고봉준

고재민

공존과이음 김영순

권현형

그린북에이전시

김가영

김건주

김기범

김나리

김다인

김럭키

김마리

김명호

김민철

김병윤

김보리

김세영

김수정

김수진

김스피

김앵철 겨울이 싫어

김영민

김영은

김영주

김예진

김원애

김윤희(JIAE)

김은비

김은서

김이진

김이진

김정재

김정진

김정화

김주아

김진방

김진영

김진유

김진주

김진희

김태일

김현정

김호수

김효송

김효준

나영

나원호

남기택

남영안

눈물그리고하민

눈을뜨고꾸는꿈

델리만쥬

도아라	백운재주인 홍상훈	엄준태
라유경	백지은	영영
로빈	백채민	영화감독 이석현
룬아	백혜원	예소연
마참내	빈	오금미
맹미선	뽀담뽀담	오길영
문봉준	샐리홀리데이	오시경
문정민	서수진	오유나
미나상	서해인	오하나
민경진	석희민	오흥용
민지후	성해나	왈와리
민혜경	소비요정	왜고양이
밍키츄	손윤희	원아연
박금미	송송이	위효정
박동수	신진돌	유지후
박상욱	심용석	윤소담
박성연	아리송프피	윤소현
박수연	아리의척추기립근	윤승현
박유빈	아진	윤지윤
박자영	안보윤	윤찬영
박준형	안영훈	윤청
박지정	알차나	은댕
박지혜	양귀진	은지
박지혜	양유녁	이근혜
박태근	양재훈	이기훈
박현호	양현아	이나래

이다인	임홍열	최꾸꾸네
이면정	자연	최주연
이민호	장유진	최채은
이병국	장지은	추연우
이상욱	전성원	추혜원
이선우	田中雪男	필리포
이세희	정다예	현형
이수용	정보라	형
이영준	정상우	홍정미
이윤교	정서우	
이은솔	정영준	외 55명
이은진	정요한	총 257명 참여
이자은	정은우	
이정승	정혜진	
이종화	조병관	
이준호	조용대	
이지홍	조은선	
이진일	조장천	
이해원	좋은아	
이해임	주하시절	
이해임의마니또	진성희	
이형기	짚	
이희환	차승희	
임수인	채선화	
임재희	천나혜	
임채원	최규진	